VERTIGE CHEZ LES ANGES

Vertige
chez les anges

Marc Sévigny
nouvelles

vlb éditeur

VLB ÉDITEUR
4665, rue Berri
Montréal, Québec
H2J 2R6
Tél.: (514) 524.2019

Maquette de la couverture:
Mario Leclerc

Illustration de la couverture:
La tache (1986)
©Louis-Pierre Bougie et Michel Tétreault
art contemporain

Photocomposition et conversion:
Atelier LHR

Distribution:
Diffusion DIMÉDIA
539, boul. Lebeau
Ville Saint-Laurent, Québec
H4N 1S2
Tél.: 336.3941

Données de catalogage avant publication (Canada)

Sévigny, Marc, 1953-
    Vertige chez les anges
    ISBN 2-89005-280-X
    I. Titre.
PS8587.E94V47 1988   C843'.54   C87-096350-3
PS9587.E94V47 1988
PQ3919.2.S48V47 1988

Vue partielle de l'enfer

Orphée — Où sommes-nous?
Heurtebise — La vie est longue à être morte. C'est
la zone. Elle est faite des souvenirs des hommes et
des ruines de leurs habitudes.
Orphée — Et tous les miroirs du monde peuvent
conduire à cette zone?
Heurtebise — Je le suppose, mais je ne voudrais
pas me donner des gants. Ne croyez pas que j'en
sache beaucoup plus que vous.

JEAN COCTEAU,
Orphée (au cinéma)

Paradise Underground

Elle a pris le volant. Jacques, à demi étendu sur la banquette arrière, dort déjà. Une route monotone traverse les montagnes vertes du Vermont et l'obscurité. Plus qu'une soixantaine de milles avant la frontière! Mais elle n'aime pas conduire, et cette journée a été la plus dure du voyage. Il a fait chaud, ils se sont égarés en empruntant des routes secondaires et pour finir, ils se sont engueulés avant de prendre leur dernier repas de vacances.

La nuit a apporté une certaine paix, mais aussi la fatigue. Jacques s'est mis à cogner des clous au volant; après des heures de conduite dans des conditions pénibles, il n'en pouvait plus. Il a garé la voiture sur l'accotement, puis lui a proposé assez sèchement de le remplacer. Il a ajouté, un peu méchamment, qu'elle aurait à faire le plein.

Grrrr...

Sortie de l'autoroute, elle ralentit. La route secondaire est plongée dans le noir et il n'y a pas de station-service en vue. Elle parvient enfin à un carrefour plus éclairé, mais il n'y a pas plus d'indications pour la guider. Elle décide d'aller tout droit, au jugé, vers ce qui semble être une petite agglomération.

Après des détours dans des rues sombres, elle repère une épicerie ouverte vingt-quatre heures où elle compte bien se renseigner. Elle vérifie à l'arrière: Jacques dort toujours.

Malgré l'heure tardive, plusieurs clients se pressent au comptoir. À un garçon visiblement agacé, elle demande dans un anglais approximatif où elle pourrait trouver de l'essence.

— Paradise Underground, next left, you can't miss it.

Next left. La voiture obéit et s'engouffre dans un cul-de-sac. Au bout de la rue, il y a une sorte de motel annoncé par une enseigne aux lettres criardes: PARADISE UNDERGROUND. Malgré les fluorescents, l'endroit paraît désert et de l'auto, elle n'aperçoit aucun bâtiment qui pourrait ressembler à un bureau pour l'accueil des clients. Par contre, une flèche géante pointe en direction d'un parking souterrain.

C'est là? Elle ne voit pas de pompe à essence dans les environs et durant un instant, elle croit que le garçon d'épicerie s'est moqué d'elle. Après tout,pourquoi pas? Aux États-Unis, on trouve de tout dans les endroits les plus improbables, alors pourquoi n'y aurait-il pas une station-service dans le parking?

Jacques dort toujours. Elle embraye et mène la voiture à l'entrée, puis sous les barrières métalliques qui se sont levées automatiquement. Un chemin étroit, balisé par d'énormes blocs de ciment, l'avale aussitôt dans une succession de tours et de détours fléchés. Les étages supérieurs sont tous bondés, et pour ce qui est de la station-service...

Les lacets continuent de s'enfiler dans la descente et elle, crispée au volant, commence à désespérer. À s'énerver.

Elle freine. Le parking regorge de voitures alignées comme autant de sardines dans des boîtes de béton. Combien d'étages? Une dizaine? Plus? Elle étire le cou, à gauche, à droite, cherchant une indication ou une âme charitable qui pourrait la guider vers la sortie.

Rien. Le parking est aussi sombre et silencieux qu'une crypte, aussi lugubre qu'un cimetière passé minuit. Elle se retourne: Jacques dort toujours profondément, dans un état de béatitude presque inconvenant. Mais elle choisit de ne pas le réveiller et de poursuivre seule la descente — elle finira bien par en atteindre le bout, non?

Non. Dix étages plus bas, la situation n'a pas changé. Des voitures partout, muettes, hostiles. Des tonnes de ferraille entassées sous terre, abandonnées là par... Par qui, au juste? Les résidents du motel? Les habitants de la ville? Le nombre de véhicules est tout simplement incroyable!

Un virage, un autre; il ne semble pas y avoir d'issue. Elle inspecte chaque recoin, passe et repasse sur l'étage en zigzaguant entre les colonnes de ciment. C'est absurde, fou, débile! Qui donc a pu construire un parking semblable?! Les automobilistes à la recherche d'un îlot sont condamnés à s'enfoncer plus profondément dans un tunnel qui paraît sans limite.

Elle refuse d'accepter le fait. Voyons donc: prisonnière d'un parking souterrain! Elle revient sur son trajet, cherchant l'ouverture qui lui a permis d'entrer. À la place, elle trouve un mur. Elle freine alors brusquement, et les pneus en crissant accompagnent son cri d'exaspération.

— C'est pas possible!

Elle prend une grande respiration, fixe le mur devant elle, puis expire...

— Jacques!

— ...

— Jacques!

Calé en chien de fusil sur la banquette, Jacques est

loin, très loin du problème. Il dort d'un sommeil cataleptique, absolument fermé aux appels du dehors. Elle a beau le secouer, rien n'y fait. On dirait qu'il a sombré dans le coma, ce qui n'est pas pour la calmer.

Elle ne cède pas pour autant à la panique. Elle coupe le contact et sort de la voiture. Avec un peu de chance, pense-t-elle, elle trouvera bien quelqu'un pour l'aider. La portière, en claquant, déclenche une série d'échos désagréables. Elle frissonne, puis serrant un chandail contre ses épaules, elle s'avance sur la voie déserte du parking...

□

Le seul bruit perceptible est celui de ses talons claquant sur le ciment, avec en sourdine le ronronnement du système de ventilation. Les voitures immobiles l'observent avec leurs phares éteints; des façades mortes et froides comme le métal qui ne laissent rien voir des intérieurs coussinés. Parfois un objet de peluche accroché au rétroviseur signale vaguement une présence humaine. Parfois aussi, il lui semble apercevoir des ombres derrière les pare-brise, ombres suspectes faisant le guet, à l'affût du voleur.

Elle n'ose trop s'éloigner de sa voiture, ni trop s'approcher des autres véhicules garés sur l'étage. Derrière les vitres teintées, elle imagine tantôt des formes enlacées sur les sièges arrière, tantôt la flamme d'un briquet grillant une cigarette. Peu à peu, elle perçoit aussi d'autres sons qui se mêlent à l'écho de ses pas. Des sons moins nets, mais néanmoins présents. Comme cette goutte d'huile qui, quelque part, suinte d'une carrosserie et tombe dans une petite mare au sol. Et combien d'autres bruits invisibles qui affolent l'imagination!

Tout est propre cependant. Les voitures luisent dans le noir, jetant des reflets cirés à la lumière des néons. Elle avance à petits pas dans les rangs bien ordonnés où se distinguent surtout l'éclat des pare-chocs et le miroitement des pare-brise.

— Y'a quelqu'un?

Pour s'encourager. Pour se soustraire à la pesanteur des lieux. PARADISE UNDERGROUND! Elle en pleurerait... Le paradis sous terre, somme toute, est un piège à touristes. À la sortie, ils vont sans doute lui facturer la nuit. N'est-ce pas un hôtel pour voitures?

Elle déraille gentiment, abandonnée à elle-même dans un univers de ciment qui ne fait que répercuter ses appels à l'aide. Stupidement.

— Y'a quelqu'un? quelqu'un? quelqu'un?...

Il n'y a jamais personne dans les parkings souterrains, c'est bien connu, il n'y a que des passages à niveau, des allées à sens unique, des couloirs de labyrinthe.

Elle cherche maintenant l'ascenseur, l'escalier, la porte marquée EXIT, ces issues quasi secrètes aménagées pour les humains. Mais son enquête reste vaine, au point où elle se convainc qu'elle rêve, qu'il ne peut s'agir que d'un cauchemar dont elle se tirera bientôt, découvrant Jacques éveillé près d'elle, au volant, roulant vers la frontière.

— Y'a quelqu'un?

Crier. Hurler. Ébranler la structure de cette étrange prison. Un horrible parc de voitures sous l'Amérique où il a fallu qu'elle s'égare à la recherche de carburant! Ses appels «Help!Help!Help!» ricochent sur les murs, s'amplifient, et rebondissent. Enfin, ils reviennent amortis et dénués de signification à celle qui les a lancés, comme un boomerang réduit par le vent, usé par l'air.

Et, en dépit de sa résolution, elle panique pour de bon. Elle court à la voiture, claque la portière, démarre, embraye en marche arrière... et vient près d'écraser une petite fille courant après un ballon.

Son cœur bondit en freinant, le moteur sautille, l'acier se contracte. Elle braque les yeux sur le rétroviseur: la petite fille, sortie d'un film qu'elle se rappelle avoir vu quelque part, il y a longtemps, la petite fille disparaît derrière un pylône. On entend le ballon rebondir sur le ciment.

Elle recule à toute vitesse et fonce dans la direction qu'a sûrement prise la fillette au ballon. Elle ne s'accorde pas le temps de douter. De toute façon, au point où elle en est...

Au fond de l'allée, où une flèche inclinée indique la descente, le ballon roule. Elle le suit machinalement, sans plus chercher l'enfant du film dont elle a oublié le titre. Il n'y a que ce ballon blanc la guidant dans un nouveau dédale d'allées sombres, remplies de machines inertes et inhospitalières.

Le ballon roule sur sa lancée, toujours plus vite, semble-t-il. Elle le talonne malgré tout, comme la borne lumineuse d'un jeu vidéo. Suivez la boule! Et le ballon bondit maintenant, tentant de semer son poursuivant. De plus en plus haut, selon un trajet de plus en plus erratique. Elle le perd entre deux îlots. Elle s'affole, donnant de la tête et du volant au hasard. Le ballon retombe brutalement sur son capot. Son cœur s'emballe tout aussi brutalement. Elle a freiné. Elle s'est arrêtée à un cheveu de la fin du parking, du fin bout de l'entonnoir.

☐

— Puis-je vous aider, madame?

Elle relève la tête et regarde l'homme qui a prononcé ces mots incroyables. Elle sourit et respire de soulagement: l'homme qui est accoudé à sa portière est bien réel et vivant. Il parle et ne cherche pas à s'enfuir!

— Je cherche la sortie, bredouille-t-elle.

— Hum, voilà une question difficile. Je me présente, je suis le colonel Douglas Éthier Parker.

Le colonel Parker, avec béret et uniforme, constitue une apparition pour le moins insolite. Il porte même galons et médailles, comme s'il sortait tout juste d'une cérémonie militaire. La politesse de l'officier tranche avec les lieux, et elle le remercie avec effusion pour le simple fait d'être là, au moment où elle en venait à douter de sa raison.

Mais il n'est pas facile pour elle d'expliquer sa situation à cet inconnu qui l'écoute pourtant avec patience et compassion. Le militaire, malgré ses «oui, oui, je comprends», n'a pas l'air de trop s'en faire, ni de s'empresser à la renseigner sur la meilleure manière de quitter le parking. Et la voilà qui s'enlise, s'emmêlant dans des détails inutiles sur cette dernière journée de voyage, journée éprouvante, déroutante, ratée. La voilà qui cherche des excuses à son compagnon effondré sur la banquette arrière, souriant aux anges dans son sommeil.

— N'ayez crainte, mademoiselle, il y a toujours une solution aux problèmes les plus compliqués. Venez avec moi, je voudrais vous montrer quelque chose.

Tout à coup, le malaise s'installe. Elle n'est plus certaine de vouloir s'en remettre à cet homme qui, malgré son amabilité, a une attitude de réserve bizarre. Il est là, raide comme un *i*, attendant qu'elle se décide à le suivre. Mais où? Elle en a assez des mystères et des impasses de ce parking dément.

— Où voulez-vous m'emmener?

Mine de rien, elle vise le bouton de verrouillage de la portière.

— Vous n'avez pas confiance, c'est ça?

Le colonel sourit, révélant des dents qui auraient pu servir de réclame pour une pâte dentifrice.

— Je vous comprends. Vous avez raison d'être prudente. On ne l'est jamais assez de nos jours. Prenez, moi qui ai vécu des situations autrement plus dangereuses, il m'arrive d'avoir peur juste à circuler ici entre les voitures. Mais je vous assure que vous n'avez rien à craindre. Je veux simplement vous montrer où je suis garé.

— Je ne vois pas en quoi cela peut m'aider.

— Ça ne vous aidera pas, je l'admets, mais pour moi, c'est important. Ça me ferait grand plaisir.

Pourquoi s'inquiéter? Lorsqu'on entre dans un parking souterrain à la recherche d'essence, on doit s'attendre à assister à des événements hors du commun: des voies qui mènent nulle part, une fillette fantomatique qui court après un ballon, un vieux colonel de l'armée qui vous invite à visiter son îlot de stationnement!

Elle n'échappera pas à ce cauchemar, aussi bien aller au bout de ses conséquences. Elle ouvre donc la portière et marche à la suite du militaire, dont les pas martèlent le ciment avec une énergie excessive. Elle a la vision d'un meneur de peloton emmenant un groupe d'hommes armés dans la cour des condamnés. Mais elle n'a plus peur. Il s'agit maintenant d'un jeu qui la dépasse et dans lequel elle n'est qu'une figurante de passage. Elle s'évanouira bientôt de l'écran et les lumières se rallumeront dans la salle.

☐

— Voilà mon home! annonce-t-il fièrement.

Un camion-roulotte trône en effet au milieu d'un rang de voitures beaucoup plus petites.

— Pas mal, hein?

Elle s'efforce d'être bienveillante et de remarquer la Winnibago comme s'il s'agissait d'un superbe yatch de plaisance.

— C'est à vous?

— Oui. Vous savez, je n'ai pas d'autre domicile.

— Et vous vivez toujours là-dedans?

— Oui, c'est très confortable. En fait, j'habite ici en permanence.

— Dans le parking?

— Exactement.

Le colonel n'en paraît nullement gêné. Au contraire, il arbore un sourire triomphant, comme s'il se trouvait aux premières lignes d'un important champ de bataille.

Elle ne sourit plus.

— Bon. Je crois, monsieur, que vous vous êtes suffisamment moqué de moi. Je suis épuisée, à bout de nerfs, et je vous serais reconnaissante de m'indiquer la sortie.

— La sortie?

Il a un haussement d'épaules significatif, à la manière de celui qui est revenu de plusieurs illusions.

— Autrefois, les choses étaient plus simples, plus nettes. Il y avait des entrées, des sorties...

— Je ne vous suis pas.

— Je ne dis pas que c'est pire. C'est différent, en tout cas. On s'habitue. Il y a si longtemps que j'habite le parking... J'ai un peu perdu le sens de l'orientation.

— Êtes-vous en train de me dire que vous ne savez pas comment on sort d'ici?

— Pour ma part, je ne souhaite plus sortir. Je me fais vieux et...

— Vous faites un drôle de militaire, si vous voulez mon avis.

— À vrai dire, je ne suis pas un militaire. J'ai endossé l'uniforme pour me donner une contenance, une stature, vous comprenez? C'est l'époque qui veut ça. Pour tout vous avouer, je suis le gardien.

— Du parking?

— Oui.

— Et vous ne connaissez pas le moyen d'en sortir?

— Non. Pour cela, il faudrait voir le gérant. Moi, je surveille les voitures, c'est tout. D'ailleurs, le costume, c'est un peu pour faire officiel. Une image d'autorité, en somme.

— Où il est, ce gérant?

— Il est dans sa cabine, pas très loin d'ici.

— Vous savez au moins où elle se trouve?

— Oui, bien sûr.

Le faux militaire, un peu honteux, cherche à se racheter auprès d'elle, offrant de la conduire et lui promettant un heureux dénouement. Certes, il n'avait pas été très correct, mais il fallait comprendre. Il a besoin d'un rempart, d'une façade pour exercer son métier. Et puis, plusieurs membres de sa famille ont fait carrière dans l'armée, alors que lui... Enfin, il compensait.

Soit, la vie de parking n'est pas bien rose, mais on finit par s'y habituer, et même, par l'apprécier. Ici, au tout dernier étage du Paradise Underground, il se sent en sécurité. Il a appris à se contenter de peu et à survivre presque sans contacts avec ses semblables. Au début, c'était difficile, mais il éprouve aujourd'hui un sentiment de bien-être incomparable à ce qu'il trouverait au dehors.

Elle l'entend sans le croire, écoutant d'une oreille comme on écoute un vieux monsieur sénile raconter pêle-mêle ses souvenirs de jeunesse. À ses yeux, le soi-disant colonel Parker fait partie de ces gens, de plus en plus nombreux, à décrocher du monde pour s'enfermer dans des fictions consolatrices.

Et tout en marchant à ses côtés, elle remarque sur son visage des traces de maquillage et même des lignes très prononcées faites au crayon. Douglas Éthier Parker n'est même pas un vrai vieux! Un peu plus, et elle découvrirait sous le masque un jeune homme dans la trentaine, un jeune homme qui se cache de lui-même au fond d'un parking. Encore un peu, et elle verrait un maniaque sortir du costume et l'attaquer sauvagement.

Mais ils arrivent enfin à proximité d'une cabine où l'on peut apercevoir un homme, cigare au bec, penché au-dessus d'un bureau et apparemment absorbé par une tâche exigeant toute son attention.

Parker ralentit le pas, puis pivote sur lui-même.

— Je vais vous attendre ici.

— Vous ne venez pas avec moi?

— Non. C'est préférable.

Elle ne demande pas pourquoi, de crainte qu'il ne lui propose un argument impossible, farfelu, dément. D'autres questions lui viennent à l'esprit — Connaît-il une fillette jouant au ballon? Quel est son âge véritable? Depuis combien de temps est-il là? — mais elle se dirige plutôt vers la cabine, espérant en apprendre davantage auprès d'un individu plus sensé.

Dans une posture rigide, Parker la suit des yeux, sans toutefois parvenir à maîtriser le tremblement qui agite le bas de son visage. La sueur creuse des sillons dans la crème épaisse qui recouvre ses joues. Si elle lui avait demandé pourquoi il ne l'accompagnait pas, il lui aurait répondu qu'il avait peur.

☐

L'homme de la cabine n'a même pas levé les yeux. Elle cogne encore à la vitre, faute de pouvoir frapper à une porte. Les panneaux vitrés sont soudés ensemble pour former une cage hermétique, étanche, avec, pour tout moyen de communication, un dispositif d'intercom rudimentaire.

Mais elle le voit très bien, lui. Il joue à un genre de poker avec un joueur imaginaire à qui il distribue des cartes. Au centre d'une table ovale, il y a un paquet de billets et de la menue monnaie. L'unique joueur, l'œil rivé sur le lot, consulte les jeux à tour de rôle, demande de nouvelles cartes et mise à l'aveuglette. Les enchères montent, le paquet de billets grossit et l'œil du joueur brille de plus en plus. Un cri perçant, cependant, le ramène à la réalité. De l'autre côté de la vitre, une jeune femme hurle comme une folle!

Il appuie sur le bouton et, ignorant ses cris, bougonne:

— Vous voyez bien que je suis occupé, revenez demain!

Elle hurle avec encore plus de force, frappant à grands coups contre la paroi vitrée. L'homme croque son cigare, rabat son jeu et presse à nouveau le bouton.

— Qu'est-ce que vous voulez?!

Elle cesse aussitôt de hurler, décontenancée et surprise tout à coup de recevoir une réponse. Elle parvient néanmoins à reprendre son souffle et à formuler la demande qui depuis un long moment obsède son esprit.

— Je veux sortir!

L'homme grimace, faisant plisser le gras de son double menton.

— Sortir... vous êtes tous les mêmes. À peine entrés, vous voulez sortir. C'est un parking, ici, ma petite dame, l'oubliez-vous? Avez-vous au moins garé votre voiture correctement, dans l'îlot approprié?

— Mais...

— Voilà. Je m'en doutais. Pas de place, hein? Est-ce ma faute si ceux qui sont garés n'en bougent plus? Pourquoi, pensez-vous? Ils profitent de nous, voilà pourquoi! Ou bien ils entrent et sortent sans cesse en demandant d'être remboursés, ou bien ils font leur trou et on ne peut plus les déloger. Et il faudrait en plus supporter les touristes!

— Je...

— Ne protestez pas. C'est inutile. L'heure de sortie est passée depuis longtemps. Revenez demain. J'ai une partie en cours.

Sur un clic agressif, l'homme de la cabine met fin à la conversation. Elle se remet à crier, à frapper. Alors il tire de sous la table un revolver et le pointe dans sa direction.

— Allez-vous-en!

Elle recule en titubant, brisée par la peur, la colère et le désespoir à la fois. Ne sachant plus où aller, elle tourne sur elle-même, comme une toupie poussée à la limite de son ressort. Les mains sur le visage, elle tourne, tourne, en espérant sortir du mauvais rêve et s'éveiller dans un bon lit après une nuit de fièvre.

Mais voilà plutôt le colonel Parker qui vient vers elle en tremblant.

— Vous ne lui avez rien dit, n'est-ce pas?

Elle l'observe sans comprendre, prise elle aussi de tremblements nerveux. Parker a le visage mouillé de sueur, un visage jeune, mais extrêmement tendu, mobile.

— Il ne doit rien savoir, vous comprenez? S'il découvre que je ne suis pas celui que je prétends, je ne toucherai pas ma pension de retraite.

Son visage à elle se ferme, devient dur. L'exaspération est à son comble. Il l'implore à présent. Il se fait petit devant l'étrangère comme s'il espérait une caresse, un mot de réconfort.

— Moi aussi, dit-il, je veux sortir.

Elle a envie de taper, d'enfoncer les médailles dans la

bouche du faux colonel, mais elle n'en a plus la force. Comme pour se protéger d'une éventuelle attaque, Parker a fait un pas de côté, bégayant:

— Après tout, je suis seul à travailler, les autres restent dans leur voiture et n'en sortent plus. Vous croyez que c'est agréable? Laissez-moi tranquille!

Et il disparaît entre deux pylônes, suivi de son écho: tranquille... tranquille... tranquille...

Elle le laisse s'éloigner, l'abandonnant à sa Winnibago, à son délire. Elle n'a plus qu'à rebrousser chemin dans l'espoir de retrouver sa voiture, Jacques, et tout ce qui lui reste d'une vie normale.

Son sens de l'orientation, surtout ici où depuis le début elle se perd, se révèle meilleur qu'elle ne l'aurait cru. Elle n'a aucun mal à revenir à son point de départ, c'est-à-dire nulle part, le nez buté à un mur.

Étrangement calme, elle prend la place du conducteur avec l'intention de fermer les yeux, de dormir...

☐

Elle aurait sans doute été emportée par le sommeil si la fillette au ballon n'était pas réapparue dans le rétroviseur. Comme dans le film — elle se souvient maintenant — la fillette a les cheveux blonds retenus par une barrette, et des yeux mauves, irréels, diaboliques. Elle tient le ballon d'une main et de l'autre, elle lui fait signe de reculer.

La voiture obéit, subjuguée par son charme. La voiture suit la fillette comme si elle roulait sur son propre élan, grimpant, remontant une côte abrupte entre les pylônes et les détours fléchés.

Elle écarquille les yeux, se cramponne au volant et suit elle aussi la petite fille qui sautille dans l'allée, poussant parfois le ballon devant elle. L'étrange cortège progresse ainsi d'étage en étage, vers la sortie.

La sortie? Elle n'ose y croire, et pourtant les voici approchant des barrières métalliques. La fillette lui envoie la main dans un signe d'adieu, puis le rideau se lève...

Le décor en entier se lève, ouvrant sur une rue de cinéma. Un pompiste vêtu d'une vareuse impeccable se précipite aussitôt, arborant une casquette au nom de PARADISE UNDERGROUND. Il fait le plein avec un enthousiasme marqué, ignorant l'état d'hébétude de la conductrice. Il lui présente ensuite la facture en expliquant que les frais de séjour ont été inclus dans le montant global. Cinquante dollars *U.S.*, «a real bargain!» clame le pompiste.

Elle reprend la route dans le même état de prostration, et au moment précis où Jacques s'éveille, elle donne un coup d'accélérateur. La voiture fonce alors vers le poste frontière qui se profile aux premières lueurs de l'aube.

La zone

S'agissait-il d'une zone contaminée? Le message lumineux à l'écran ne le disait pas. Le mot *DANGER* clignotait sans arrêt, suivi d'une liste d'instructions recommandant une manœuvre de détour.

Le pilote Daniel Jélédac n'était pas particulièrement insubordonné. Il n'enfreignait jamais les règles et encore moins les lois en vigueur. C'est d'ailleurs ce qui faisait de lui, selon l'opinion générale, un pilote médiocre. Ainsi la compagnie Angel Wings, qui l'employait, lui confiait le plus souvent des vols de routine et évitait de l'engager dans des missions jugées risquées.

Non, le goût du risque n'était pas dans sa nature, mais Daniel, pour une raison inexplicable, ne changea pas la trajectoire de son petit aéronef. Au contraire, il plongea, amenant l'appareil à très basse altitude, ce qui lui permit d'examiner la zone de plus près.

Alors seulement, les choses se mirent à mal tourner. Le corridor aérien dans lequel il circulait semblait dégagé et le repérage à distance n'annonçait aucun obstacle particulier, pourtant l'aéronef traversa un mur de verdure, ou du moins ce qui apparut tel au pilote. Il n'avait pas sitôt redressé l'appareil qu'il dut éviter un arbre géant, une sorte de baobab aux racines tentaculaires.

Daniel, bien que peu habitué aux situations périlleuses, réagit rapidement et sans céder à la panique. Il consulta l'ordinateur de bord pour obtenir une image détaillée de la zone et un maximum d'informations sur celle-ci. Cela allait exiger sans doute un sondage dans les banques de données de l'armée et Daniel savait que la procédure équivalait à un appel au secours. Il y aurait instantanément verrouillage et une voix au timbre électronique allait lui demander de s'identifier et de préciser la nature des renseignements requis.

Cependant, aucune de ces opérations conventionnelles ne fut déclenchée. L'écran continua d'indiquer *DANGER*, accompagné d'un ordre strict de détour. Daniel évalua ces faits en quelques secondes et tenta immédiatement une sortie. Les instruments de vol confirmèrent la manœuvre de détour, mais la trajectoire resta la même. L'aéronef semblait fixé dans les airs malgré l'indicateur qui révélait une vitesse optimale. L'engin, comme pressurisé de l'extérieur, se mit à branler en grinçant. Le poste radio surchauffa, et Daniel entendit, faiblement, une voix métallique chercher à en sortir.

— As de pique à cinq de cœur, répondez, cinq de cœur.

Par une sorte de réflexe conditionné, il coupa les moteurs avant qu'ils n'explosent. L'appareil, d'un coup, s'écrasa au sol.

L'aéronef, de construction extrêmement résistante, aurait dû supporter l'atterrissage en catastrophe. Au lieu de cela, il était en miettes, disjoint de partout; les plaques en alliage léger, les ailerons renforcés, les propulseurs encastrés, tout était répandu sur le sol, tel un jouet qu'on aurait livré à un enfant coléreux.

Dans les circonstances, Daniel n'aurait pas dû survivre. Pourtant, il respirait. Mieux, il n'avait rien, pas la plus petite ecchymose. Il était assis parmi les débris de la cabine de pilotage, les commandes toujours en main.

Découvrant sa position aussi ridicule qu'incroyable, il éclata d'un rire nerveux.

Son rire lui revint à la figure avec une force imprévisible qui le renversa. L'onde sonore, à la manière d'un écho puissant, continua longtemps à se répercuter et l'empêcha de se relever. Daniel resta donc collé au sol, se retenant de jurer, de peur d'aggraver les choses. Il se releva lentement, très lentement, et il vit que l'espace devant lui était vide, complètement vide.

Façon de parler. Il y avait bien une surface solide sous ses pieds, mais était-ce bien la Terre? En réalité, il s'agissait plutôt d'une surface molle et spongieuse, comme de la mousse marine. Mais Daniel apercevait tantôt de la mousse, tantôt de l'eau, tantôt de la brume. Ses observations, de même que ses sensations physiques, le déroutaient. À un point, il ne sut plus s'il était couché ou debout, s'il marchait ou s'il était porté par un coussin d'air. Il perdait jusqu'à la perception de son propre corps. Alors qu'il s'efforçait de demeurer immobile, l'environnement fuyait. Des images éphémères s'enchaînaient les unes à la suite des autres, révélant une nature incontrôlée, insaisissable.

Là, une étendue de sable fin; ici, des ruisseaux, des fleurs sauvages, des fougères. L'herbe poussait puis se résorbait à une vitesse fantastique. En quelques secondes, de jeunes arbustes étaient devenus des arbres, puis une forêt parvenue à maturité. Tout ensuite se desséchait, s'égrenait en poussière. Croissance et décroissance se succédaient à un rythme affolant. Daniel, saturé de visions, ferma les yeux.

Il constata alors qu'il n'avait plus de paupières. Lui restait-il seulement un corps? La réalité entière passait par son regard, un regard circulaire qui ne cessait de se mouvoir. Il ne disposait plus d'aucun moyen sûr pour vérifier son existence. En fait, son existence se résumait à ce qu'il voyait et ce qu'il voyait n'avait aucun sens.

Il fallait à tout prix stabiliser ces visions. Daniel s'accrocha donc à l'image d'une route bordée de tours de béton et d'acier immenses. Les tours ressemblaient à des silos à grains, mais il reconnut les installations comme étant celles d'une vieille usine d'eau lourde. Sans doute celle-ci était-elle reliée à un complexe nucléaire plus important, aujourd'hui disparu. Les constructions de ce genre n'existaient plus depuis des milliers d'années, mais Daniel ne se surprenait plus de rien. Il avait dépassé le stade de la stupéfaction. Il cherchait maintenant à comprendre, sans comprendre.

Des images, encore, traversèrent son esprit. Il vit des surrégénérateurs fonctionner à plein régime et d'énormes accélérateurs de particules tournant à vide. Il vit des passerelles, des salles de contrôle, des couloirs aseptisés où s'activaient une masse de gens en uniforme. Daniel avait l'impression de les suivre à la course, tentant de percer leur secret et s'embrouillant dans des hypothèses sans fondement rationnel. Le complexe nucléaire bourdonnait d'une activité fébrile, inquiétante.

Il revint à la route, et de la route à l'intersection d'un chemin rocailleux. Au loin, il y avait une maison délabrée dont le toit scintillait étrangement, à la manière d'une réclame publicitaire au beau milieu d'un désert. Le toit de tôle rayonnait dans un paysage en perpétuelle mutation, car à nouveau la végétation croissait et décroissait à un rythme dément.

Les champs tantôt dénudés s'emplissaient de fleurs, puis redevenaient un amas de roches et de cailloux. Des plantes caoutchouteuses atteignaient des dimensions inouïes, leurs feuilles de palme poussant sur la cime des arbres pour former un dôme compact de verdure. L'énigme, dans un spectacle d'une beauté surréelle, encerclait Daniel de toute part. Et au centre de ce déploiement extraordinaire, le phare continuait de rayonner.

Daniel retrouva soudainement la perception de son corps. Il se trouvait maintenant engagé sur le chemin rocailleux, allant dans la direction de la maison au toit rayonnant. Il pressa le pas, peut-être dans l'espoir d'échapper à la malédiction qui pesait sur lui depuis son entrée dans la zone. D'une manière bizarre, il se sentait responsable de la situation, et cela l'agaçait plus que le bourgeonnement fantastique qui l'entourait. Il ne put cependant s'expliquer cette désagréable impression.

L'éclat du toit se fit plus violent à mesure qu'il s'en rapprochait. Le rayonnement l'aveuglait à présent et l'obligeait à se couvrir les yeux. La chaleur grimpa du même coup et il fut pris d'étourdissements.

Il tomba une première fois. La lourdeur de son corps lui parut intolérable et il dut déployer toutes ses réserves d'énergie pour se redresser. Le toit de tôle réfléchissait une lumière blanche, insoutenable. Il eut du mal à faire encore quelques pas. Son visage enfla, se couvrant de cloques purulentes; sa peau s'assécha, ses poils furent brûlés. Des gerçures strièrent son front, ses joues et les coins de sa bouche; ses épaules se voûtèrent; il chancela et tomba une seconde fois. Ses pieds, en gonflant, crevèrent ses chaussures, son pantalon se déchira par endroits, révélant une chair noircie et boursouflée. Incapable de se tenir debout, il rampa encore sur une petite distance.

Il était parvenu au seuil de la maison. Il trouva la force de pousser la porte et d'entrer dans une cuisine rangée, bien propre, et d'atteindre le bord de la table où un homme chauve jouait une partie de solitaire en sifflotant. À peine dérangé par l'arrivée de Daniel, il ne leva les yeux sur lui que très lentement, sans manifester aucune surprise.

— Salut, Dan, comment vas-tu?

Daniel ne répondit pas, pour la bonne raison qu'il se trouvait désormais à la place de l'homme chauve, étant cet homme chauve jouant aux cartes, encore étonné d'avoir posé une question à un invité absent, qui n'existait plus. N'avait-il pas toujours habité cette maison, jouant et rejouant la même partie de solitaire?

Il considéra un moment la carte dans sa main: un as de pique. Cela lui rappela quelque chose, oui, quelque chose de lointain et d'indéfini. Un événement, peut-être. Un accident. Oui, un accident. Un écran clignotant, l'aéronef lancé à toute vitesse hors de la zone. La zone... DANGER. DANGER. DANGER. Une voix électronique:

— As de pique à cinq de cœur, répondez, cinq de cœur.

Daniel coupe les moteurs. L'appareil, d'un coup, s'écrase au sol. Il rit nerveusement.

Son rire le renverse tandis que l'onde sonore continue longtemps à se répercuter, tel un écho puissant. Il se relève lentement, très lentement. Le sol est mou et spongieux, comme la mousse marine. À un point, il ne sait plus s'il est debout ou couché, s'il marche ou s'il est porté par un coussin d'air. L'environnement fuit à une vitesse folle, livrant des images éphémères.

Saturé de visions, il ferme les yeux. Mais il n'a plus de paupières. A-t-il seulement un corps? Il ne dispose plus de moyens sûrs pour vérifier son existence.

Une route, des tours, de vieilles installations nucléaires détruites il y a des milliers d'années. Que signifie tout cela? Daniel cherche à comprendre, sans comprendre. Le voici sur une passerelle. Le voici dans la salle de contrôle à proximité du réacteur. Une multitude de gens en uniforme se précipitent dans toutes les directions.

Daniel, comme les autres, se rue au dehors. Il parvient à une intersection où commence un chemin rocailleux, puis au seuil d'une maison dont le phare d'urgence tournoie au son d'une sirène qui crie par saccades, par hoquets, comme si elle ricanait. À l'intérieur, un homme chauve, le corps calciné, tient dans sa main un as de pique.

☐

— As de pique à cinq de cœur, répondez, cinq de cœur.

Daniel n'aura pas l'occasion de répondre. La chaleur sera devenue insupportable, une lumière blanche aura recouvert le paysage subitement métamorphosé sous l'effet des radiations et de la fumée. L'écran continuera d'indiquer *DANGER*, le tachymètre révélera une vitesse optimale, mais l'engin restera figé dans l'air. Puis le ciel s'embrasera, l'aéronef sera soufflé, puis happé par un vent violent. Alors un arbre de feu sortira du cœur de la zone, une sorte de baobab aux racines tentaculaires.

Les chiens

Enrôlez-vous! Cinq dollars l'heure plus les bonis! Enrôlez-vous!

Un os à ronger. Quelque chose qui va permettre de tenir jusqu'à demain. Me voici devant ce même étal de charognard à quêter ma maigre pitance. Me voici à nouveau arme à la main, dans l'arène folle qu'est cette ville broyeuse d'hommes. Une ville désaffectée, pleine d'ombres à deux pattes fuyant les bêtes à quatre. Une ville de carreaux brisés, de ruelles tranchées au couteau, de loques en sursis engagées à l'heure pour nettoyer les trottoirs.

— Enrôlez-vous!

À nouveau devant l'étal à six heures du soir, à la brunante, quelques minutes seulement avant le grand safari. Des centaines de désœuvrés comme moi vont tantôt s'armer de bâtons et partir à la chasse aux chiens.

— Rendez-vous utiles à la société!

Belle affaire. Cinq dollars l'heure plus les bonis, voilà l'essentiel de mon geste humanitaire. Je veux bien courir après les chiens qui infestent cette ville pour ce soir, mais demain, qui sait, ce sera peut-être moi, le gibier.

— Aidez-nous à garder la cité propre!

La pourriture fait crever l'asphalte, elle sourd entre les blocs du trottoir, elle est partout comme un appât pour les vautours à queue et à crocs. Et moi, je jappe à l'unisson avec ceux qui quémandent leur ration quotidienne de haine et de sang. Wouf! Wouf!

L'enrôleur est un gros homme au teint de boucher, avec un faciès et une mâchoire de bouledogue. Derrière lui, un groupe d'infirmières revêches, le visage à moitié caché par un masque sanitaire, nous attendent avec leurs seringues. Elles prétendent nous immuniser contre la rage. Belle utilité quand les toutous vous arrachent un bras!

Docile, je présente ma veine pour y recevoir la piqûre du salut. Aux dires de Katz, c'est ni plus ni moins la rage qui nous est inoculée ainsi avant le combat. Question d'être au même niveau que l'ennemi.

Tout est question de niveaux pour mon ami Katz. C'est son plaisir que de découper le monde en tranches et en catégories. Grâce à ce système, il s'est fait une représentation personnelle des niveaux et sous-niveaux de cette ville.

— Toi, mon gars, a-t-il coutume de dire, t'es au niveau zéro.

C'est comme ça qu'il parle, Katz. Sans détours, genre poing au milieu de la face. Nous avions l'habitude de chasser ensemble, mais maintenant je l'évite. D'ailleurs, il est probablement mort à l'heure qu'il est, réduit sans doute en pâtée pour chiots. Katz était plus habile avec sa langue qu'avec ses mains. En safari, vaut mieux laisser les idées au vestiaire et jouer des muscles, surtout pour courir, quand plus rien ne va.

L'arsenal du chasseur frise le ridicule. Une canne effilée, genre javelot, et c'est tout. Pas de fusils, pas de dynamite, pas même des sabres ou des épées. Les forces de l'ordre répugnent à fourbir en armes des gens de ma sorte. Ils nous envoient au front avec des bouts de bois, et défendez-vous des hordes enragées!

Pour chaque animal tué, c'est 10 dollars de boni, une aubaine si vous n'y perdez pas une oreille, un œil ou un pied. Les meilleurs arrivent parfois à empocher 100 dollars dans une nuit, quand il leur reste des jambes pour repartir avec. À tout prendre, ça ou crever dans nos chambres louées...

Aujourd'hui, le gros boucher m'offre un magnifique sourire de souteneur. J'attrape ma canne pointue sans le regarder, c'est mieux pour ma santé. La cruauté de cet homme est contagieuse, et je sais pertinemment qu'il ne hait pas que les chiens. Je saisis donc mon bâton sans respect ni salutations distinguées.

— Alors, Martin, on revient aux anciennes amours?

L'animal! Je m'étais pourtant juré de ne jamais revenir à son étal de cauchemar, de ne plus jamais chercher mon malheur. Constatez le résultat: le gros boucher me compte désormais parmi ses réguliers.

— On y revient toujours, hein, Tintin?

□

Ouverture à sept heures. Les clans se forment. Les coéquipiers se font la cour sur le trottoir. Équipes de deux, c'est la règle. Ce soir, pourtant, j'aurais préféré une ronde en solitaire.

J'aborde enfin un gars de 13, 14 ans, genre timide. Au premier coup dur, je vais le perdre dans la brume, celui-là. Parfait. Allez, embarque!

Il s'appelle Heinz, comme le ketchup. Il m'a l'air sympathique malgré sa couette rebelle. D'emblée, il me déteste. J'aime mieux ça, j'aurai moins de mal à m'en débarrasser. Il n'essaiera pas de jouer les héros et il ne me prendra pas non plus pour son père. Tant mieux!

C'est déjà nuit. Nous marchons vers l'est, à quelque distance l'un de l'autre. J'ai mis mon casque, mes gants, mes genouillères, l'équipement au grand complet. Un vrai joueur de hockey! Il ne manque plus que la cible et à nous, bande de chiens!

Nous longeons les entrepôts du quartier industriel — le pire, paraît-il — et nous restons près des clôtures, au cas où. Y'a rien comme une clôture pour effectuer des sorties honorables et préserver ses fesses. N'empêche que l'air est vilain. Nuit sans lune, nuit noire, et un silence lugubre. Le nez levé, je hume la décrépitude des lieux avec application. Un bon chasseur fonctionne à l'odorat, traquant la fragrance suspecte comme un lévrier. Encore faut-il savoir contrôler ses nerfs. Ce n'était pas le fort de Katz, qui parlait sans arrêt, et j'ai l'impression ce soir que mon compagnon Heinz cherche sa mère dans mon ombre. J'entends ses dents claquer!

Heinz est plutôt frêle, avec la peau blême de celui qui sort juste de l'hôpital. C'est peut-être le cas. C'est le cas de la plupart des enfants de cette maudite ville. Et lorsqu'ils en sortent, on les envoie au front terminer leur stage d'orphelinat, comme sans doute ce pauvre Heinz.

Plus à l'est, c'est le fleuve. Je fais signe à mon compagnon de ralentir, car le danger commence. Ici, dans la zone du port, il faut se serrer les coudes et avancer à petits pas. En cas d'urgence, on peut toujours se jeter à l'eau, mais les chances d'en ressortir sont minces. C'est comme de se jeter dans une mer d'ordures et d'excréments. L'odeur du lieu me donne la nausée: il y a du chien dans l'air!

J'agrippe solidement mon bâton. Le temps de me retourner, Heinz a disparu. A-t-il quitté le champ de bataille, déjà? Il y a justement du mouvement sur les quais, entre les baraques vides et les entrepôts croulants, un mouvement de troupes qui m'est trop familier, accompagné de grognements des plus significatifs. Au mépris du règlement, je crie: «Heinz!» ce qui a pour résultat immédiat de me transformer en cible.

Je le vois courir vers moi en sortant d'une flaque d'ombre. L'adolescent se fige au milieu de son élan, ébranlé par un concert de jappements hostiles. Un véritable roulement de caisse, suivi d'un galop frénétique. Les chiens!

Je n'en ai jamais vu autant d'un seul coup. Une masse hurlante et beuglante sortant simultanément des hangars, des baraques, des poubelles. On pourrait presque croire qu'il en tombe du ciel.

Dans ces cas-là, ma tactique est simple. À dix contre un, tu bats en retraite. C'est-à-dire que tu cours comme un perdu vers la clôture. Mais Heinz, que j'imaginais mort de peur, brandit sa lance ridicule en signe de défi.

— À la clôture, Heinz!

Le gars a la tête dure. Il ne bouge pas; il a décidé d'affronter à lui seul l'armée rugissante. Les chiens arrivant de partout ne me laissent pas le temps d'insister. Eh bien, compagnon, tu ne seras pas le seul à servir de pâtée. Y'a plus qu'à lâcher le cri de guerre:

— Aaaarrrgggghhh!

Du coup, les deux dobermans de tête — les chefs — braquent dans ma direction. L'armée entière retient son souffle à leur suite. Les deux molosses en profitent pour me lancer des sourires vicieux et pour me gronder gentiment.

Ça me donne l'occasion d'évaluer les forces de l'ennemi qui sont, à première vue, écrasantes. Dans la meute, que des gros morceaux. Géants poilus, rageurs, griffus et puants. En comparaison, je dois ressembler à une mince tranche de steak.

Les dobermans me jaugent froidement quelques secondes, comme pour me laisser le temps de réfléchir. Je n'esquisse pas un geste, de peur de déclencher la bagarre. Mais la bagarre est déjà là, dans leurs yeux sombres et gourmands. L'un des deux exécute un bond en avant. Un bond prodigieux qui me fait reculer jusqu'au mur d'un hangar. Je reste coincé là, macérant dans ma sueur.

Heinz aurait pu en profiter pour s'enfuir. Un sprint à la clôture, une escalade rapide, un saut de l'autre côté, le tout pendant que les bêtes féroces se mettraient à table. Mais il n'a même pas l'air d'y penser. En vérité, ce garçon doit être fou, car le voilà qui vient à mon secours. Un héros...

Le molosse en chef n'entend pas céder si facilement la vedette. Volte-face et, gueule ouverte, il se charge de réprimander Heinz tandis que son jumeau frappe le sol d'un coup de patte. La meute s'anime un peu, fringante, et attend le signal de départ. Les dobermans, dans leur infinie patience, y vont de deux ou trois coups de gueule, griffes dehors, en guise de dernier avertissement. Heinz-le-fou lève son cure-dent avec l'intention (idiote) de faire peur. Qui donc a peur d'un cure-dent?

C'est le temps ou jamais de réagir, Tintin. Et vlan! le javelot en travers d'une gorge comme le prescrit le règlement. J'ai ce que je mérite: un ricanement de Labrador. Un noir de suie, tout en dents. Il fonce à grandes enjambées, entouré d'une bonne douzaine de gardes du corps: dalmatiens, chiens bergers, boxers et fox-terriers, bref, un éventail représentatif de la gent canine, rayon grand format.

Heinz n'est pas mieux servi. À vrai dire, son combat est déjà perdu. Un des dobermans a broyé sa pique d'un coup de mâchoires, les autres n'ont eu qu'à finir le travail. Dans une mêlée cauchemardesque, le pauvre Heinz est piétiné sous l'empilade animale.

À moi, donc, le fier Labrador et sa bande de voyous.

Ils fondent sur moi d'un même élan, mais je leur réserve une surprise de mon cru. Une machette apparaît soudain au bout de mon bâton pour me servir de coupe-tête. La faucheuse fait son œuvre, ouvrant une brèche dans la galerie peu engageante des gueules écumantes de rage.

Et la danse du sabre commence, ma rage à moi contre la leur. Un pas en avant, un pas en arrière, à l'escrime, genre mousquetaire. Mais ni coupe-tête, ni désir de vengeance ne suffisent face à tant de monstres mal nourris. Mais d'où viennent-elles donc, ces créatures d'enfer! Les chiens inondent les quais comme s'il s'agissait de rats échappés des cales par milliers.

Fais ta prière, Martin, c'est le moment ou jamais de faire montre de classe. Sois au niveau, dirait Katz. Ça lui ferait sans doute plaisir de me voir dans cette position. D'après la rumeur, cet entêté serait mort en essayant d'inculquer à ses bourreaux quelques notions de philosophie. De la classe, dis-je. Je devrais peut-être suivre l'exemple, mais je crains que l'auditoire ne soit pas très réceptif.

Les dobermans reviennent à la charge, sans doute pour asséner eux-mêmes le coup de grâce. Ils synchronisent leurs pas, les jumeaux, estimant peut-être que je ne saurais en affronter deux à la fois. Alors quelque chose d'extraordinaire se produit. La meute reflue en un demi-cercle parfait, comme si elle se préparait à une revue d'honneur. Les dobermans lèvent alors leur tête au ciel et hurlent un superbe hallali. De victime, je deviens spectateur éberlué. Ces sales canins ont tout de même le sens du décorum. Après tout, ils ont été jadis les amis de l'homme. Faut croire que le temps leur a fait changer d'idée.

Lorsque le hurlement cesse, je refais ma prière à l'intention de Katz. La charge est lancée, je serre les dents et rentre sous terre...

Deux explosions changent le programme. Mes jambes fléchissent, mais c'est pour recevoir deux corps sanglants dans les bras. Les molosses, happés au vol par une décharge de gros calibre, ont leur tête vidée de cervelle. Ils s'écrasent mollement à mes pieds tandis que la meute, effarouchée, se disperse dans une anarchie de jappements piteux. Autant de chiots braillards traînant leur queue à ras du sol, chacun pressé de rentrer sagement au chenil.

Soulagé, je ne suis pas beau à voir pour autant. J'ai le cœur à moitié sorti de la poitrine, les yeux renfoncés dans les orbites. Ma respiration ressemble à un départ de train, les bielles s'activant comme pour une séance d'aérobic. Appuyé à mon cure-dent, je me traîne sur mes genouillères, prêt pour le prochain coup de feu...

— Bouge pas.

Une voix féminine, un peu usée et nasillarde. Un canon froid sur ma nuque.

— Lâche le bâton. Lève-toi. Marche devant.

Tel un zombie contrôlé par un savant fou, je m'exécute en bon ordre, mécaniquement.

— Merci, dis-je, après avoir repris un semblant d'existence. Si ça se trouve, à cause de vous, je toucherai un gros boni.

— Vous ne toucherez rien du tout.

— Ah!...

— Je ne suis pas de votre camp. Je n'ai aucune sympathie pour les mercenaires.

— Merci quand même.

— Ce soir, je vous ai sauvé, mais c'était aussi pour sauver quelques-uns des leurs.

— Merci encore. Je suis flatté.

— Vous n'êtes pas drôle. Tournez-vous.

J'obéis. En face de moi, une paire de lunettes fumées me dévisage. C'est à peine si je distingue un bout de nez, un coin de chevelure. Elle porte un large chapeau qui cache ses traits et un costume de carnaval poussiéreux et déchiré. Deux ailes pendantes, noircies et calcinées, complètent le portrait. On dirait un ange revenu du combat contre le dragon.

— Si vous voulez me remercier, monsieur, changez de camp.

— Facile à dire...

— Demain, allez à l'usine du centre. Demandez Adrienne Locke, elle vous embauchera. Nous devons faire la paix, n'êtes-vous pas de cet avis?

— Oui, mais...

— Alors, demain, faites ce que je vous dis. Bonne chance.

— Les usines Locke, vous avez dit?

Pas de réponse. La femme fatiguée imitant l'ange s'est volatilisée dans l'obscurité, laissant derrière elle un parfum saumâtre. Les usines Locke, au cas où vous ne le sauriez pas, fabriquent de la viande à chien.

☐

Mes rêves ont été remplis de crocs menaçants, avec en surimpression l'image du corps déchiqueté de Heinz. Pour tout avouer, je n'ai pas beaucoup dormi. Vers sept heures trente, malgré les courbatures et les yeux rougis, je suis en route vers mon nouveau job. Je me vois déjà en train de bourrer de la pâtée dans des boîtes de conserve pour des chiens qu'hier je m'évertuais à éliminer. Triste vision que cette chaîne ininterrompue de boîtes à pâtée, le hachis fumant me chavirant le cœur à l'avance.

Mais j'ai promis, ou tout comme. N'ai-je pas une dette à l'endroit de mon ange gardien? Ça, ou mourir en charpie. Ça, ou la solitude crasseuse de ma chambre louée.

Question de niveau, dirait Katz. Question de camp, dirait l'inconnue aux lunettes fumées. Que dirait Heinz?

L'usine, on la reconnaît à distance, à l'odeur. Comme une grosse marmite, elle bouillonne en plein centre-ville au milieu des gens errants et affamés, attirés malgré eux par le fumet de la pâtée infâme.

Pas accueillante, la marmite. Il y a une longue file de marmitons qui attend l'ouverture des portes et ce n'est pas précisément la joie qui se peint sur les visages. Des visages de brique, tous prêts à emboutir le vôtre. Surtout que là, j'exagère carrément. Je m'accroche au manteau du contremaître, le suppliant de m'accorder quelques millisecondes de son temps. Je dis simplement: «J'ai rendez-vous avec madame Locke.» Je dis ça sourire aux lèvres, comme un gagnant à la loterie. Du coup, j'espère la magie, la révolution, l'impossible.

Le contremaître me regarde bizarrement, genre hébété. Je le vois rougir et s'enfler, puis pouffer sans retenue. Il rit à pleurer, le pauvre homme, en me tapant sauvagement dans le dos. Puis, toujours en riant, il m'entraîne à l'écart, vers ce qui semble être un poste de sentinelle. Une fois là, il se laisse choir sur un siège qui manque de s'effondrer pour cause de rires et de soubresauts nerveux. Et paf, il me flanque un bottin gros comme la Bible sous le nez et il me montre du doigt les centaines de noms alignés en colonnes.

— Si tu veux bien inscrire ton nom...

Et il repart à pleurer de rire, faisant craquer son siège de douleur. J'avoue que sa bonne humeur m'est assez peu communicative.

— Ils ont tous été recommandés à madame Locke, c'est ça?

À grand-peine, il réprime une nouvelle cascade, me prenant sans doute en pitié.

— Madame Locke a tout vendu il y a des années.

Une bonne blague, quand même!

— Et pourtant, j'ai vu... j'ai vu... euh...

— Laisse-moi deviner. Tu as vu un ange!

Et de repouffer de rire, sans retenue cette fois.

Tout cela pour de la pâtée. Ça me remonte à la gorge sous la forme d'un crachat bien épais. J'en gratifie le trottoir sur le chemin du retour.

Hop! J'entre au CHENIL D'OR, idée de noyer le reste. Whisky frelaté, bières au goût de cendre, liqueurs aromatisées pour garder le pied marin. Y'a là des loques que j'aime mieux ne pas reconnaître. Des chasseurs de chiens, pour la plupart, qui se racontent leurs prouesses fictives, gueulant fort pour mieux faire avaler leurs mensonges.

Je suis sourd à tout ça. J'enfile les verres à l'aveuglette, repensant à ce pauvre Heinz et à cette inconnue allée qui m'a mené en bateau. Et tangue, le bateau, avec le rhum salé qui m'écorche le palais. Pourquoi m'a-t-elle menti? Voulait-elle me donner une leçon? Une leçon de quoi... Et tangue, le comptoir. Je balance avec la houle, enragé par la tournure des événements, renversant les verres sur la table pour manifester ma hargne. Et tanguent, chiens, sous-chiens et chasseurs de chiens! Tous menteurs, tous peureux, tous enrôlés dans la danse. Et danse, la tête. Je m'en vais au plancher. Une main velue me retient par l'épaule, je crie wouf, wouf, et cherche à mordre.

— On t'a volé ton os, Tintin?

Je me secoue à l'abordage, imaginant le boucher au teint rose venu jusqu'ici pour me relancer. Au lieu de qui, je découvre Katz. Katz le revenant. Le philosophe increvable.

— T'es pas encore mort?

— Les gens d'esprit s'en tirent toujours.

— Qu'ils disent, jusqu'à ce qu'ils perdent l'esprit.

— La chasse était bonne, hier soir?

— Moins que ça, on m'a sauvé la vie.

— On fait équipe cette nuit?

— Dans mon état?

— C'est le meilleur état, mon homme.

Et tangue le navire jusqu'à la sortie. Katz tient le gouvernail et me pousse à coups de pied.

— Allons, larve, sors de ton cocon. Les chiens n'attendront pas l'Épiphanie.

Je reconnais là le typique langage katzien.

— Et l'Apocalypse, Katz, tu as pensé à l'Apocalypse?

— C'est la guerre, Tintin, pas de doute. Ils se promènent en hordes à présent, ils s'organisent, se cachent, montent des embuscades.

— Je sais. Je l'ai vu de mes yeux, et j'ai bien failli y perdre mon âme.

— Ça te ressemble...

Les routes embrouillées nous conduisent à nouveau devant l'étal du boucher. Il est à son poste comme à l'habitude, appelant de sa voix grasse les nouvelles recrues.

— Enrôlez-vous!

Je titube jusqu'à l'infirmière, la veine gorgée d'alcool. Protégée par son masque, elle m'inocule une bonne dose de rage. Ça me fait l'effet d'une brûlure qui me ramène au réel, aux côtés de Katz, jeté une fois de plus dans la fosse aux lions.

— Eh oui, Martin, comme les premiers chrétiens. Martyrs de la salubrité.

Mais pour qui, bon dieu, pour qui!? J'ai les jambes en coton, le cerveau en flanelle. Je ne sais plus exactement qui je suis.

À contrecœur, j'endosse l'uniforme, le casque, les

genouillères et tout l'équipement. Je jette un regard de panique en direction de Katz.

— Moi aussi, j'ai vu l'ange, dit-il. Il faut faire vite, le temps presse.

Je ne saisis pas bien, je balbutie, je grimace avec le sentiment de trahir, de passer à l'ennemi.

— Qui est l'ange, Katz? Qu'est-ce qu'il veut?

— Ce soir, Martin, me dit-il les yeux ronds, on va leur montrer qu'on n'est pas des amateurs. À la vie, à la mort!

Aidé de mon bâton, je parviens à suivre tant bien que mal l'heureux Katz qui prend plaisir à tenter le diable. Aucune prudence: il va en pleine rue, s'engage dans des ruelles sans issues, se découvre sur des terrains non clôturés. Je pâlis à chaque détour. Cet homme cherche le suicide, que je me répète en lui emboîtant docilement le pas.

Nous fonçons à travers la ville, tout droit vers je ne sais quel but, défiant des adversaires invisibles.

— Allez, larves canines, sortez de vos cocons!

Je commence à dégriser, mais trop tard. Nous sommes aux limites de la ville et Katz s'exclame, extatique:

— La campagne!

C'est comme s'il venait d'annoncer la fin du monde. Le corps tendu, je scrute la nuit noire à l'affût d'une catastrophe. Et celle-ci ne tarde pas à se manifester sous la forme d'une masse hurlante sortant des buissons, des sous-bois et des champs. Comme une nappe d'huile coulant ses tentacules à ras de terre. Des milliers et des milliers de chiens accourant à l'appel de Katz.

— Résonnez, trompettes de l'enfer!

Est-il fou?

Aux portes de la ville, la marée animale s'agite et monte dans notre direction. Katz a saisi son bâton à la manière d'un javelot et il attend la première bête.

— Tu comprends, Martin, je voulais être aux premières loges...

Et il décoche son javelot, son dernier trait d'esprit, ratant la cible, comme toujours. Je cours déjà, de toutes mes forces, vers un quelconque abri. Devant moi, une gigantesque clôture barbelée. Je m'y précipite.

Derrière moi, autour de moi, le dragon gronde et expire son feu. Je marche sur des braises, légèrement en retard sur moi-même. Le feu atteint mon esprit, une horrible mâchoire se referme sur ma cheville. Je roule, je croule, je plante mon bâton dans un ventre. Une orgie de gueules jappent furieusement.

La course reprend, un berger allemand sur le dos, ses crocs enfoncés dans ma nuque. D'un geste sec, je me libère et grimpe au treillis d'acier. D'autres gueules écumantes me lacèrent les mollets. Je m'extirpe de peine et de misère à la meute, je me cramponne à la clôture, je me tire vers le haut. T'es pas au niveau, dirait Katz. Faites de la pâtée, pas la guerre, dirait l'ange.

D'ailleurs, il est là, l'ange, trônant au milieu de la meute. Il chevauche le dragon à l'assaut des portes de la ville. Aucun regard pour moi, aucune pitié.

Je tente de l'appeler, mais la clameur des chiens hurlants est trop forte. Il ne me reste plus qu'à sauver ma peau, qu'à monter et, peut-être, franchir les barbelés. Demain, oui, demain, commencera la cohabitation pacifique.

En attendant, la marée déferle avec un cri vengeur. Ai-je mal jugé des intentions de l'ange? Aurait-il fallu mordre et japper à l'unisson de la meute? Décidément, je ne comprends rien à cette guerre. Pour l'instant, je reste soudé à la clôture, les doigts accrochés aux mailles d'acier, pantelant, oscillant, indécis quant à mon avenir de mercenaire.

Les portes sont enfoncées maintenant, et le dragon avance vers le centre de New York.

Nébulosité croissante

À 8h35 très exactement, J.F. tire les stores et sourit. C'est le printemps et la journée s'annonce ensoleillée après une nuit d'orage. Des odeurs de gazon frais et de fleurs à peine écloses montent jusqu'à lui. Mais il y a tout de même quelques nuages et on ne saurait être trop confiant. Et si le ciel s'ennuageait pour de bon? La météo ne le prévoyait pas, mais qui donc peut se fier entièrement aux prévisions de la météo?

J.F. a une sorte de flair en la matière, et le temps ce matin lui semble trop beau pour ne pas éveiller ses soupçons. L'air n'est-il pas bien lourd à cette heure? Cela annonce la pluie, de ces averses qui surviennent à l'improviste et dans les pires moments. En tant qu'usager du transport en commun, il en sait quelque chose. Plus d'une fois, il s'est fait surprendre durant le trajet à pied qui le sépare du métro le plus proche.

Il prend donc son parapluie avant de sortir et il n'a pas sitôt mis le pied sur le palier que sa voisine, Victorine Lafrance, l'interpelle.

— C'est-y beau à matin à votre goût?

Victorine, une retraitée éprise de jardinage, n'aime rien tant que de discuter température. En son voisin, elle a découvert un véritable amateur, et aussi profite-t-elle de la moindre occasion.

— Un peu chaud, quand même, nuance J.F.

— C'est pas moi qui vais m'en plaindre. Avec toute la purée qu'on a eue...

— Avec la pluie, au moins, on sait à quoi s'attendre.

La vieille femme, qui connaît bien la prudence excessive de son voisin, éclate de rire.

Et J.F. s'éloigne, parapluie à la main, non sans jeter un regard soupçonneux aux quelques nuages qui zèbrent encore le ciel matinal. Pour plus de sûreté, il achète le journal en chemin et vérifie immédiatement les prévisions de la journée. «Ensoleillé avec passages nuageux», dit la chronique. J.F. fronce le sourcil et referme vivement le journal. Ces journalistes! Toujours la formule pour ne rien dire en ayant l'air de faire de grandes révélations. Quel manque de précision dans ces «passages nuageux», de quoi désespérer des récents progrès technologiques. Et du coup, il imagine le pire.

Au niveau du métro, il n'est déjà plus dans son élément. Tout ce qu'il peut tenter de prévoir ici, c'est le temps que mettra la prochaine rame de métro pour arriver. Il calcule aussi le temps du trajet entre les stations et le total pour se rendre à destination. Bien que ce ne soit pas sa spécialité, J.F. obtient dans ce domaine des résultats surprenants, ne se trompant que de quelques secondes à chaque pronostic. Mais il n'exerce ce passe-temps que pour mieux retrouver l'air libre et l'espace énigmatique du ciel, où tout peut se produire.

À sa sortie au centre-ville, il constate peu de changements, si ce n'est une légère élévation de température, ce qui confirme son hypothèse d'une journée pesante avec risque de précipitations. Content de lui, arborant sans gêne le parapluie compact qui rythme son pas, il entre dans l'immeuble de la compagnie où il travaille depuis bientôt trois ans comme agent de bureau.

Dès son entrée dans le hall, il aperçoit Ti-Père Cornet, le concierge, une véritable mine de renseignements météorologiques.

L'homme n'a pas 50 ans, mais en paraît 60. Cependant, au sommet du corps maigre sans cesse appuyé au balai, deux yeux vifs et malicieux témoignent d'un savoir insoupçonné.

— Bien le bonjour, monsieur Boudreau.

J.F. se sait quitte pour 10 minutes de retard. Ti-Père Cornet, pour n'avoir pas d'oreille, n'a pas la langue où vous savez. Et, suppute J.F., les statistiques ne vont pas tarder à déferler en avalanche.

— Y'se pourrait bien, aujourd'hui, qu'on batte un record de chaleur. À la même date, en 1938, il a fait 90°F!

Décidément, Ti-Père Cornet ne se convertirait jamais aux Celsius.

— Quand on pense, enchaîne-t-il, qu'il y a juste une semaine, il neigeait dans les Laurentides.

Il y a belle lurette que J.F. a compris qu'il est inutile d'interrompre Ti-Père Cornet une fois lancé. Aussi se contente-t-il de hocher la tête, signal bien suffisant pour encourager l'autre à redoubler d'ardeur.

— C'est pas comme l'année passée, heureusement. Vous vous souvenez du mois de mai? Dix-huit jours de pluie d'affilée, un record! Même que la p'tite Tremblay, au septième, en a fait une dépression.

J.F. s'en souvient et il se souvient aussi des innombrables congés de maladie qui avaient décimé le personnel de son département. La morosité générale avait atteint un tel degré que les gens ne se saluaient même plus à leur arrivée au bureau. Il n'y avait que J.F. pour se réjouir de la situation, car les rares conversations lui donnaient l'occasion de s'illustrer dans un sujet qu'il connaissait à fond: la pluie et le beau temps. À l'époque, même les éliminatoires du hockey étaient passées au second plan. En virtuose, il avait émis un tas d'hypothèses pour expliquer les causes d'un tel déluge. Il arguait par exemple que l'éruption de différents volcans en Amérique pouvait être à l'origine de perturbations majeures de la couche atmosphérique, à cause des retombées massives de cendres. Il ne négligeait pas la portée néfaste des essais nucléaires en divers points du globe, ni le phénomène du lent refroidissement de la planète. Puis il changeait tout à coup de registre et faisait valoir, à la stupéfaction de ses interlocuteurs, les côtés positifs d'une longue période pluvieuse au printemps, qui notamment favorisait la croissance des arbres.

— À ce qu'on dit, il y a eu une épidémie de suicides, renchérit Ti-Père. Des jeunes, surtout. Que voulez-vous, ils n'ont pas encore l'habitude du malheur. Saviez-vous que c'est à Aberdeen, dans l'État de Washington, qu'il y a le plus de suicides dans tous les États-Unis? Pourquoi, pensez-vous?

J.F. s'en doute, mais à quoi bon lui gâcher le plaisir.

— C'est dans cette ville qu'il pleut le plus de jours par année. Plus d'un jour sur deux, y'a de quoi déprimer! Encore heureux qu'ils n'ont pas les hivers qu'on a...

Sans trop insister, J.F. consulte sa montre, mais Ti-Père, qui s'est fait fort depuis des décennies de comparer les hivers les uns par rapport aux autres, n'est pas pour laisser passer une si belle occasion.

— Parlons-en, de nos hivers!

J.F., trop tard, reconnaît l'habituelle entrée en matière et tente, sans succès, de s'approcher de l'ascenseur.

— Prenez cette année, en février. Pas une graine de neige. Le gros soleil, le monde en p'tits chandails pis les terrasses qui rouvraient. Un record!

Presque à tous les matins, J.F. a droit à une série de records fracassés, mais il n'a jamais pris la peine de vérifier les dires du statisticien amateur.

— Et en mars, paf! Le gros hiver qui reprend pis qui dure jusque fin avril. Ça m'a fait penser... il y a 10 ans, vous vous souvenez, un 7 avril... Le printemps avait l'air bien pris, le monde relaxait, puis paf! une tempête de neige comme j'en ai rarement vu. Ils ont dû fermer l'autoroute et à des places, on a vu des bancs de neige de 15 pieds de haut qui bloquaient le chemin.

C'était en effet un jour exceptionnel. J.F. s'était mis en tête d'aller visiter des amis à la campagne, en pleine tempête. Les gens circulaient en motoneige, mais lui avait préféré marcher. Des milles et des milles dans des dunes gigantesques, grosses comme des maisons. Il s'était senti dans un autre monde et encore davantage à la nuit tombée. Le paysage était alors celui d'un conte de fées, évoquant quelque contrée fantastique inconnue des humains. Et tout à coup, il avait entendu un bruit terrible dans l'obscurité et il s'était jeté sur le côté de la route. Un monstre métallique l'avait frôlé: la souffleuse!

Si Ti-Père a la jasette facile, il possède aussi une sorte de minuterie intérieure qui l'avertit quand vient le temps de conclure.

— En tout cas, c'est pas aujourd'hui qu'on va voir de la neige. Quoique ça s'est vu, à la même date, en 1912!

Mais il n'enchaîne pas et J.F., malgré un instant d'hésitation, ne fait aucun commentaire sur les «passages nuageux» annoncés dans le journal et qui lui semblent si lourds de sens. Il préfère plutôt s'échapper tandis que le moment est favorable et il s'engouffre dans l'ascenseur avant que Ti-Père n'en remette.

Au quatrième étage, il accélère le pas jusqu'à son cubicule où Lisette Gendron, sa collègue, lui décoche un regard sévère. Presque 30 minutes de retard! Mais J.F. n'y prête aucune attention, car son retard au bureau est désormais admis par tout le monde, y compris par son supérieur immédiat, Donald Johnson, qui généralement n'entend rien aux subtilités du temps qu'il fera ou ne fera pas. De ce côté, Lisette Gendron est plus réceptive.

— Belle fin de semaine?

— Sous la pluie, oui! Bien entendu, il fait beau le lundi!

— T'es allée dans ton coin perdu? En ville, il a fait beau. Frais, mais ensoleillé.

— Des clous, toute la fin de semaine!

— C'est à cause des montagnes, ça crée un micro-climat.

— Les gens de là-bas disent qu'ils ont le décor, mais que c'est dommage que l'été dure juste deux jours.

— Au moins, ils ont le sens de l'humour.

— Parce que tu penses que c'est une blague?

Il rit, par politesse, puis retourne à sa table et dans sa paperasse. Comme à l'habitude, J.F. n'y met pas beaucoup de conviction, et puis il n'arrive pas ce matin à détacher ses yeux de la fenêtre où il distingue un coin de ciel à travers les édifices. Ce coin de ciel (bleu, pour le moment) l'obsède, il ne sait pourquoi. C'est comme s'il attendait fatalement l'obscurcissement, le passage du bleu au gris par une chute soudaine, brutale, imprévisible. Tout demeure pourtant au beau fixe, du moins jusqu'à l'intervention de mademoiselle Jutras, responsable de la comptabilité, qui le fait redescendre sur terre.

— Qu'est-ce qu'ils annoncent pour demain?

— Hum?

— Je dois me rendre à l'extérieur de la ville demain. Qu'est-ce qu'il va faire comme température?

— Nébulosité croissante.

Pourquoi a-t-il dit ça? En fait, J.F. n'a aucune idée du temps qu'il fera demain.

— Ils ont dit ça à la radio?

À la radio? Peut-être. J.F. ne s'en rappelle plus.

— Qui, «ils»?

— La météo! On dirait que tu t'es levé du pied gauche, toi, à matin.

— Nébulosité croissante, répète-t-il stupidement.

Mademoiselle Jutras ne manque pas de lui adresser un long chapitre sur l'ingestion de grenouilles et les suites fâcheuses des sorties du dimanche soir. J.F. ne l'écoute plus malgré qu'elle soit sa supérieure hiérarchique. Il s'est levé et s'est approché de la fenêtre d'où il observe à loisir le coin de ciel, maintenant rapiécé de quelques pans nuageux.

Au bout d'une heure, Lisette Gendron l'aborde avec toute la gentillesse possible pour lui demander, gentiment, ce qu'il fout là depuis une heure.

— Je regarde le ciel.

— Tu sais, Jean-François, c'est peut-être plus facile de démissionner.

— Regarde, il ne reste plus une trace de bleu.

Lisette, gentiment, regarde et constate, bêtement, que le ciel s'est ennuagé.

— Il va pleuvoir, c'est sûr.

— Jean-François, si tu es malade ou écœuré, pourquoi tu rentres pas chez vous? Je dirai à monsieur Johnson que t'as pris un congé de maladie, c'est pas plus grave que ça. Y'me semble que t'as pas manqué une seule journée depuis que t'es entré ici.

— Regarde, Lisette, le ciel est tout noir.

De fait, les nuages se sont amassés au-dessus de la ville et ont noirci tout à coup. J.F. a l'impression d'un déjà vu... Un rêve l'obsédait durant son enfance. La même situation revenait sans cesse; il se tenait devant une fenêtre donnant sur le centre d'une grande ville et il écartait les rideaux pour voir ce qui se passait au dehors. Le ciel était sombre et il entendait le vrombissement qui gagnait peu à peu en volume. Puis il voyait apparaître deux vieux biplans qui tournoyaient tout près du sommet des édifices, lâchant simultanément deux grosses bombes. La ville s'effondrait ensuite comme un château de cartes, à la manière de ces maquettes dans les films de science-fiction japonais.

— Il fait froid!

Subitement, il a haussé le ton en croisant ses bras contre sa poitrine. Le département en entier a sursauté et z'yeute maintenant le couple à la fenêtre. Lisette Gendron pose la main sur l'épaule de J.F. dans un geste de réconfort.

— C'est la fièvre, Jean-François, tu devrais rentrer.

Mais il ne bouge pas. Il demeure rivé à la fenêtre, surveillant attentivement l'évolution des nuages à l'horizon.

Dans un autre rêve, c'étaient des hélicoptères qui poursuivaient des enfants à la sortie de l'école. Les enfants couraient pour leur échapper tandis que les hélicoptères se rapprochaient rapidement. J.F. était parmi les fuyards et comme eux, il avait vu les bombes tomber et creuser d'immenses trous au sol. Il n'y avait pas eu d'explosion.

— Il fait trop chaud...

Et J.F. accompagne ce commentaire d'un coup de poing dans la vitre. Lisette recule d'un pas, puis de deux. Un mouvement d'employés se met en branle vers la fenêtre. Monsieur Johnson lui-même sort de son bureau dont la porte est revêtue de cuir capitonné.

— Quelque chose qui ne va pas? lance-t-il en se frayant un passage jusqu'à l'endroit où se tient toujours J.F. Celui-ci, les poings serrés, a le regard vissé sur l'espèce de brouillard qui s'est formé entre les blocs de verre et d'acier du centre-ville.

Il avait rêvé autrefois d'un brouillard semblable qui avait envahi son quartier. La fumée blanche brûlait la peau et la faisait se gonfler de cloques affreuses. Dans son rêve, J.F. savait qu'il s'agissait d'un gaz libéré par cette énorme bombe qui le hantait. Il voulait sortir et avertir ses amis de la menace, mais dehors, il n'y avait plus rien. Rien que cette fumée blanche qui mettait la peau à vif. J.F.

souffrait, mais n'avait pas peur. C'était la fin de tout espoir et il n'y avait plus lieu d'avoir peur.

— Monsieur Boudreau, vous êtes malade ou quoi?

— Je voudrais qu'on ouvre la fenêtre, on étouffe ici.

— Les pièces de cette salle sont parfaitement venti-lées. D'ailleurs, ces fenêtres ne s'ouvrent pas.

— C'est à cause du brouillard, monsieur Johnson, il monte vers nous.

— Quel brouillard?

Et au moment où J.F. repousse monsieur Johnson venu à sa rencontre, un coup de tonnerre fait vibrer les vitres. Une volée de grêle l'accompagne.

— Seigneur Dieu, il neige! s'exclame mademoiselle Jutras.

— C'est une mauvaise plaisanterie, balbutie Donald Johnson.

Sous l'impact des grêlons, les vitres craquent, laissant pénétrer quelques flocons égarés.

Mais pour J.F., transi, c'est une épaisse fumée blan-che qui s'infiltre dans l'édifice à bureaux. Une sorte de spi-rale brumeuse qui s'entortille autour de lui et qui le soulève de terre.

Une rafale de vent fait alors voler la paperasse de sur les bureaux et l'éparpille dans la pièce.

— Mais que faites-vous!? hurle monsieur Johnson à l'endroit de J.F. qui a l'air de se débattre dans une cami-sole de force.

— Go to hell! répond une voix dans le brouillard.

Un nouveau coup de tonnerre secoue à cet instant la structure entière de l'immeuble. Les grêlons pleuvent et des cris d'effroi s'élèvent d'un peu partout.

Virevoltant sur lui-même, J.F. s'enfonce dans la spi-rale et titube jusqu'à l'extrémité de la fenêtre. Dans une vision où se mêlent désormais flocons et grêlons, il revoit l'étendue blanche où il avait marché des milles et des milles autrefois. Et il voit des nuages monter en masse des champs déserts, se rouler en boules dans toutes les directions et s'abattre sur lui à la manière d'un poing immense. La souffleuse passe alors dans un vrombissement, la vitre cède sous son poids, et un coin de ciel se déchire tandis que Ti-Père Cornet, au loin, claironne: «Un record! Un record!»

Vue partielle de l'enfer

Une offensive nucléaire totale ravagerait donc l'environnement naturel à un degré inconnu depuis les premières ères géologiques; (...) il semble cependant que dans un premier temps, les États-Unis ne seraient plus qu'une république d'herbes et d'insectes.

JONATHAN SCHELL,
Le Destin de la Terre

I

On m'appelle Lou, mais c'est d'Abel dont je veux parler. Abel-le-mangeur-d'insectes. Notre sauveur. Notre plaie. Celui que nous avons idolâtré, celui que nous haïssons aujourd'hui, celui que je vais tantôt tuer d'un seul coup de gaule.

Écoutez et sachez que mon geste n'en est pas un de cannibale (ils sont maintenant nombreux chez nous), je

n'exécute que la justice, notre loi; je me fais juge et bour-
reau. Tous ceux qui m'entourent m'approuvent et même
le déloyal Abel semble accepter son sort comme une
nécessité. Et avant que ne s'abaisse mon bâton, je veux
m'expliquer à haute voix, pour que tous entendent, com-
prennent et retiennent mes paroles. Mais c'est à toi
d'abord, Abel, que je m'adresse, pour que dans la mort tu
n'emportes aucun malentendu.

Un jour, le monde que nous connaissions depuis l'enfance a craqué et nous avons chaviré avec lui. La terre
s'est ouverte, une mer de boue a giclé et s'est répandue sur
tous les espaces habités. Nous aurions dû mourir noyés,
étouffés, écrasés sous le flot visqueux, mais le destin a
voulu que nous survivions, que nous soyons jetés sur les
rives d'une île volcanique sauvée du désastre. Nous avons
tous échoué ici, sur un amas de cendres encore chaudes.
Échoués sur la plage gluante, nous ressemblions à des
crabes renversés sur le dos, vulnérables, impuissants et
gorgés de poison.

Oui, je le dis, nous avons été désignés pour survivre.
Pourquoi ? Nous n'en saurons sans doute jamais rien.
Peut-être sommes-nous les cobayes d'un dieu malin et
cruel qui veut perpétuer l'expérience du néant. Et nous
voici sur cette île grugée par les vents toxiques, où ne
vivent qu'insectes et broussailles. Nous voici réunis sur
cette croûte de lave pour encore nous déchirer et nous
entre-dévorer.

Nous serions tous anéantis à l'heure qu'il est sans le
secours d'Abel. Il a été notre espoir et notre foi. Au début,
hagards et déboussolés, nous cherchions notre chemin à
tâtons sur cette île inhospitalière, dans cette forêt d'arbres
nains habitée par des nuées de moucherons et de moustiques. Nous étions à leur merci, proies faciles car exté-
nuées, malades et déjà agonisantes. Nous cherchions

désespérément de quoi nous nourrir et un quelconque abri pour nous protéger des parasites qui grouillaient partout autour de nous. Quelques-uns, par dépit, ont mangé du poisson pourri sur la grève; ils en sont morts peu après, le ventre gonflé de venin. Poussés par la famine, d'autres ont arraché des brindilles, des écorces, des racines et les ont vomies. Les survivants se sont ensuite regroupés au milieu de la forêt, dépérissant et espérant que le délai de leur agonie serait court. Les plus forts lorgnaient les plus faibles et guettaient le moment où ils pourraient s'en nourrir. Mais les insectes veillaient au grain et se donnaient préséance sur les êtres affamés que nous étions. Nous nous réjouissions d'une seule chose: il n'y avait pas d'enfants parmi nous et nous nous consolions à l'idée de mourir en différé du reste de l'humanité. Mais combien de temps allions-nous tenir pour la gloire de l'espèce?

Puis Abel est venu. Grand, fort, vigoureux, combien différent de noùs! Il ne croulait pas sous la masse des moustiques, il les happait au vol et les gobait aussitôt. Les mouches l'évitaient, s'écartaient devant lui alors qu'il les pourchassait, envoyant ses bras en avant comme des tentacules et ramenant à lui des poignées d'insectes broyés. Son appétit semblait insatiable — il était gourmand de ce qui nous tourmentait sans relâche. Nous l'avons vu surgir au milieu de nous comme un demi-dieu vengeur, nous éblouissant par sa supériorité.

— Mangez-les avant qu'ils ne vous dévorent!

C'était plus qu'un conseil pour nos oreilles abruties et bourdonnantes. C'était un ordre. Battez-vous! nous exhortait-il. Résistez à l'agresseur!

Et nous avons résisté. D'abord avec dégoût, répugnance, haut-le-cœur. Puis avec habitude, réflexe, instinct de subsistance. Il nous indiqua ensuite les points d'eau potable disséminés dans l'île où nous avons trouvé des herbes et des fruits comestibles. D'où sortait-il, celui-là par qui survenait le miracle? Personne ne doutait qu'il s'agissait du maître des lieux, surgi des entrailles de la terre qui nous avait accueillis.

La vérité est tout autre, je le sais maintenant. Abel a été plus chanceux que nous. Son sang n'attirant pas les moustiques, il a eu tout le loisir de réfléchir, de circuler dans l'île sans être constamment obnubilé par eux. Il a pu explorer les lieux patiemment, sans céder à la panique. Avant le chaos, avant le *black-out* et la rupture des éléments, Abel devait être biologiste ou quelque chose d'approchant — je l'ai deviné en l'observant attentivement: il s'y connaissait en survie. Peut-être a-t-il participé autrefois à quelque expédition en forêt tropicale, comment savoir puisqu'il n'a jamais parlé de son passé. Il s'est enfermé dans le silence depuis son arrivée ici, nous faisant croire, par son mutisme obstiné, qu'il appartenait à une race à part, une race fière, trop fière pour s'abaisser au langage. Tout ce temps qu'il a passé parmi nous, nous avons été ses dupes. Arrive le châtiment!

Mais le moment n'est pas encore venu. Je retiens encore le geste qui lui brisera le cou. Il reste beaucoup à raconter.

Il nous sauva donc du désarroi où nous croupissions. En un tournemain, nous étions devenus ses enfants. En chaque chose, nous guettions son approbation et nous l'imitions au mieux de nos possibilités. Nous avons organisé sur l'île une nouvelle vie. Nous avons fait du feu et nous nous sommes confectionné des repas qui donnaient l'apparence d'une nourriture saine et consistante. Malgré ces efforts, beaucoup d'entre nous mouraient de faim, des suites de piqûres ou simplement de découragement. Et voyant qu'Abel n'en donnait pas l'ordre, nous n'osions pas manger les morts.

La situation empira brusquement. Le régime auquel nous nous astreignions eut des effets désastreux. Nous perdions nos cheveux, nos dents, et nos peaux se couvraient d'éruptions purulentes. Nous attendions alors de lui un avis, un signe qui nous mettrait sur la voie de la santé, car lui seul échappait aux maux qui nous accablaient. Qu'avions-nous fait de mal? Nous l'interrogions du regard, mais lui ne manifestait rien. Ni émotion, ni compréhension, ni intelligence. Il broyait des insectes dans le creux de sa main et les mâchait en nous observant avec une calme indifférence. Ce fut pour moi la première vraie déception. Il y en eut d'autres, dont je parlerai tantôt.

Il fallait réagir. Une femme venait de mourir et chacun craignait d'être la prochaine victime de l'étrange maladie qui nous décimait. Quand vint le moment d'enterrer le cadavre, je proposai plutôt de préparer un grand feu et d'embrocher le corps avec les moyens à notre disposition. Que m'importait alors l'humeur de notre maître immuable, nous allions enfin manger à notre faim.

Nous risquions peut-être d'aggraver le mal en nous nourrissant d'une personne contagieuse, mais c'était cela ou mourir pour de bon. Nous l'avons fait rôtir sous sa surveillance muette et nous avons mangé sans qu'il intervienne d'aucune façon. Nous avons cru à une sorte d'assentiment et j'ai jugé bon de partager avec lui. Je lui ai amené un morceau fumant, je me suis présenté à lui avec une certaine gêne, mais aussi avec une sorte de gravité solennelle. J'avais le sentiment de le convier à une fête grandiose et purificatrice. Cette viande rare était pour moi un symbole de continuité, les morts nourrissant les vivants; l'idée d'une quelconque profanation n'habitait pas mon esprit. Aussi m'a-t-il blessé en refusant dédaigneusement mon offrande, mais plus encore par les paroles qu'il a alors prononcées:

— Sale nègre!

C'est tout ce qu'il a dit. C'était assez. Il y avait long-temps que je n'avais pas entendu une injure pareille, si ce n'est à la blague, lancée par un des miens. Et jamais je n'en ai souffert comme à cet instant. Il avait sans doute voulu me discréditer pour avoir été l'instigateur d'un festin qu'il jugeait abject et morbide, mais en fait il venait de se rendre suspect auprès de tous. Le mépris, dès ce moment, s'est retourné contre lui.

Peut-être aurais-je pu oublier cet affront s'il n'avait, les jours suivants, montré autant de dédain pour nos ébats amoureux. Nous étions laids, affreux même, mais dès lors que notre survie semblait assurée, nous conservions l'es-poir de donner naissance à des enfants mieux armés que nous. Oui, Abel, tu pouvais en rire: nous souhaitions con-tinuer le monde et nous perpétuer. Je ne me doutais pas alors que toi aussi, dans les replis secrets de ton âme, tu entretenais le même désir. Or, tu ne croyais pas au nôtre. Tu t'en tenais loin, faisant voir à tous que tu n'approuvais pas nos «fornications». Tu affichais de plus en plus ta répugnance envers nous et aux femmes qui montraient des signes de grossesse, tu jetais des regards sceptiques, pleins d'ironie. J'aurais tant voulu que l'une d'elles arrive à terme pour te contredire, mais hélas nos échecs répétés te donnaient raison.

Plusieurs femmes se sont offertes à Abel en pensant qu'il réussirait là où d'autres avaient échoué. C'est dire combien elles étaient encore remplies d'admiration pour lui. Moi-même, ayant mis de côté la rancœur qu'avait incrustrée en moi son rejet haineux, j'espérais le voir parti-ciper à nos efforts de procréation. Au lieu de quoi, nous avons été témoins de sa raideur et de sa brutalité envers ces femmes qui s'humiliaient devant lui. Cette fois, j'ai dû me faire violence pour ne pas le tuer sur-le-champ.

Beaucoup d'entre nous considéraient qu'ils avaient une dette envers Abel et c'est pourquoi il fut décidé seulement de l'expulser.

Je me souviens parfaitement de cette journée. Il avait été convenu que ce serait Thomas, le doyen de notre groupe, qui irait lui signifier notre décision. Ainsi, il ne croirait pas à une action de vengeance et d'inimitié de ma part.

Il a accueilli le vieux Thomas sans surprise. Il a même souri lorsqu'il lui a intimé l'ordre de partir, de quitter cette partie de la forêt. On eût dit qu'il attendait cette exclusion pour se décider à s'en aller. Thomas avait pris un ton autoritaire pour le chasser et il était évident qu'Abel s'en amusait. Le vieil homme en tremblait. Il lui aurait été si facile de le dominer, de l'écraser, et même, pourquoi pas, de se défendre face à nous tous. Il aurait pu, à force d'arguments, en s'expliquant sincèrement devant notre groupe réuni, retourner la situation en sa faveur.

Mais tu n'en as rien fait, Abel. Tu t'es contenté de sourire encore et de contourner le vieillard pour t'approcher du feu autour duquel nous étions rassemblés. Tu t'es ensuite penché pour ramasser quelques objets d'utilité que tu avais sculptés dans la pierre et le bois. Alors mon bâton, celui-là même que je tiens en ce moment au-dessus de ta tête, s'est abattu entre toi et les menus objets que tu comptais récupérer. Tu as levé les yeux vers moi et là, j'ai senti la peur t'envahir. J'ai vu que tu tremblais en jetant des regards autour de toi. Tu craignais le pire. Tu nous avais vus devenir cannibales et désormais, tu percevais cette menace au bout de mon bâton. Tu as reculé, tu t'es retourné et tu es parti en courant. Je t'ai laissé fuir, comme nous l'avions décidé, mais mon esprit restait attaché à toi. Et ainsi, je n'ai pu refréner mon envie de me lancer à tes trousses. La suite, Abel, tu la connais mieux que moi, et je crois qu'à présent c'est à toi de parler.

Parle, nous t'écouterons jusqu'au bout, mais je ne différerai pas plus longtemps l'exécution, quelles que soient les excuses que tu as à fournir. Tu as souillé notre amour pour toi, Abel, et ce crime jamais ne s'effacera.

II

Je n'ai aucune excuse à offrir. Je suis Abel-le-mangeur-d'insectes, comme vous dites; je suis celui que vous avez confondu avec un dieu et qui, avant le chaos, n'était qu'un homme quelconque, fondu dans la multitude anonyme. Vous avez fait de moi votre maître et je me suis prêté à ce caprice. Pourquoi pas? Vous m'avez auréolé de lumière, moi qui n'ai toujours été que fadeur et obscurité. Je me suis laissé porter par votre ferveur, je m'en suis fait un honneur jusqu'à ce que vous vous présentiez à moi tels des animaux, et même pis, puisque vous acceptiez de dévorer vos semblables.

À présent, je suis votre victime, car c'est moi qui paierai la note de votre impossible survie. Je suis le bouffon de circonstance: je dois expier. Oui, et c'est moi maintenant le nègre et le sauvage. Regardez-moi, j'ai pris la couleur de la lave, j'ai adopté la teinte brunâtre du brouillard qui pèse sur l'île en permanence. Et comme vous tous, j'étouffe d'y être confiné. Moi aussi j'abhorre le sort ignoble qui nous est réservé, mais je ne cherche pas de coupable. Nous sommes tous coupables ou tous innocents. D'une façon comme d'une autre, nous expions.

Regardez-moi. Regardez ce reflet dans la mare boueuse. Est-ce bien moi? N'est-ce pas un autre? Je suis déjà mort. Un être tout différent a pris possession de mon corps. Je suis déjà mort et vous voulez quand même me tuer. Tuez-moi donc! Je veux expier. Vrai, je me suis tenu à l'écart; vrai, je me suis moqué de vos simulacres d'amour; vrai, j'ai gardé le silence quand vous m'appeliez votre dieu. Ai-je eu tort?

Vous m'avez rejeté et en accord avec votre volonté, je suis parti. Pourquoi me poursuivre jusqu'ici?

J'ai fui alors que vos cris de haine sifflaient à mes oreilles:

— Si tu reviens, nous te tuerons! Nous te tuerons!

Ce furent là vos adieux à ce héros ridicule qui fuyait à toutes jambes pour sauver sa peau. Et vos grognements de bêtes immondes montaient jusqu'à moi et m'étourdissaient de frayeur.

J'ai couru, couru, pour échapper à vos malédictions. Et ainsi je suis parvenu épuisé au bord de la mer visqueuse dont les vagues couleur de rouille battaient violemment les récifs. Frac! Frac! Frac! Les coups de lame contre les rochers résonnaient dans mon cœur détraqué. J'implorais cette mer fétide de venir à mon secours, j'appelais au large pour que les eaux vaseuses se déchaînent à nouveau et me happent. Frac! J'aurais voulu m'y jeter, mais quelque chose me retenait. Quelque chose qui disait: «Reste, Abel. Le monde a besoin de toi. Le destin t'a choisi pour régénérer la Terre.» Le destin. Hé! Je me suis accroché à cette bouée et j'ai repris ma route.

J'ai longé la rive sur une grande distance jusqu'à ce que j'aperçoive au loin une crête de lave se dressant en contrefort, comme en avant-poste de l'île. Je me suis frayé un chemin dans les broussailles et j'ai grimpé rapidement au sommet du cap, jusqu'au meilleur point d'observation du territoire environnant. Une fois là, je me suis laissé choir dans un renfoncement du rocher et je me suis endormi presque aussitôt.

Les jours suivants, je me suis installé un abri sur les hauteurs du cap où, cramponné à la pierre volcanique, j'ai entrepris une veille sans relâche. Une voix me disait: «Quelque chose va jaillir du cœur de l'île et s'élever jusqu'à toi. Quelque chose de capital, qui va changer le cours de l'Histoire, de la Nouvelle Histoire.» Comment pouvais-je en douter? Une vision imprécise et floue remuait en moi et guidait ma vie. Le destin? Oui, ce mot tournait et retournait dans mon esprit, telle une formule magique, une promesse mirobolante. Le mot enflait et m'enivrait.

Je me suis coulé dans le silence de la colline noire. D'où j'étais, mon regard embrassait toute l'étendue de l'île. Je guettais le moindre mouvement, le moindre bruit. Et dans cette posture inquiète, je me laissais mourir de faim et de soif tant mon énergie était tendue au dehors. Quelque chose allait jaillir...

Puis le vent s'est levé sur l'océan, se déliant en bourrasques rageuses sur la côte. Mon abri de branchages a été emporté, une poussière noire m'a enveloppé. Une véritable nuit. Je me suis protégé en me calant dans le renfoncement du rocher où j'avais dormi le premier jour. La tempête soufflait, grondait autour de mon corps recroquevillé. Le vent fouettait ma peau nue. C'était un combat inégal; j'étais frappé sans pouvoir rendre les coups. Et lorsqu'enfin est survenue l'accalmie, j'ai desserré les dents, j'ai lâché prise et je me suis assoupi.

J'ai rêvé. J'étais dans l'eau et je nageais avec aisance. Le soleil était haut et je me sentais heureux comme jamais. J'étais revenu chez moi.

— Abel! Abel! Viens, le repas est servi!

Et moi de crier:

— Oui, maman, j'arrive.

Mais je ne remuais pas. Je coulais plutôt. Mes membres étaient soudain paralysés.

— Abel! Ne t'éloigne pas trop du bord...

Et voilà que je m'enfonçais, que je m'affolais, que je m'accrochais au vide. Les eaux sombres m'enchaînaient tandis que je me débattais pour me libérer, pour pouvoir me précipiter à la maison, vers la table familiale où m'attendait un copieux repas.

— Abel!

Je coulais. À la surface, une lueur vive perçait les flots... Le soleil? Puis la lueur a explosé dans un remous aveuglant...

Je me crus mort.

Je me suis réveillé sous une pluie battante. Des gouttelettes brûlantes, qui laissaient des marques sur la peau. Un rideau opaque recouvrait l'île et barrait le ciel. C'était donc cela mon nouveau royaume, mon nouveau chez-moi. Un monde de perpétuelle pénombre, laid et hostile. C'était donc cela ma nouvelle vie!

Et je me souvenais de mon existence d'autrefois. Marié. Divorcé. Deux enfants devenus lointains et étrangers. Une existence d'homme inapte, malheureux et sans ambition. À trente-huit ans, je quittais un emploi de technicien fort bien rémunéré pour retourner aux études. J'ai choisi l'Histoire, avec un grand H, sans trop savoir pourquoi. Peut-être essayais-je de mieux comprendre ce qui n'allait plus autour de moi. Personne ne m'a compris. Tous les gens qui m'entouraient étaient optimistes et croyaient aux promesses technologiques, à l'avenir. L'avenir! Moi, je me tournais vers le passé, fouillant dans l'immense réservoir de magnificences et d'horreurs qu'est l'histoire humaine.

Je n'ai jamais été biologiste. Je n'ai jamais participé à des expéditions dans la jungle. Mais jeune, j'avais suivi un programme d'entraînement à la survie en forêt. À la fin du stage, on nous parachutait en pleine nature pour une semaine entière, avec un canif, une boussole et quelques allumettes.

Survivre! Ma boussole s'est cassée et je me suis perdu. J'ai été trois semaines à tourner en rond avec rien à manger. J'ai essayé toutes sortes de stratagèmes pour capturer de petits animaux, sans succès. Mon esprit vacillait. Plusieurs fois, un hélicoptère de secours a survolé la zone sans me repérer. J'étais désespéré et affamé. C'est alors que je me suis mis à imiter les oiseaux en me mettant en quête de chenilles et de vers. À la première occasion, j'ai vomi, écœuré. Puis je me suis entêté, car les racines comestibles et les baies sauvages ne suffisaient plus à me sustenter. Je marchais des kilomètres par jour et je faiblissais toujours davantage. Les insectes étaient nombreux et variés; j'ai apprécié les fourmis, j'ai recraché les mouches. Au bout de 20 jours, une expédition de secours a retrouvé ma trace et m'a ramené à la civilisation. Compte tenu des circonstances, j'étais en forme. On m'a félicité pour mon sang-froid et mon courage, moi qui n'avais fait que me défendre d'instinct.

Sur la crête de lave, durant les longues heures de veille, je réfléchissais à la filiation qui existait entre ce jeune homme et le survivant fourbu qui au début a été votre inspiration. Dans l'entre-deux, il y avait un *no man's land* stérile. Une région molle et grise. Ma vie d'adulte rompu aux règles sociales et aux habitudes petites-bourgeoises. J'en riais, mais profondément j'entendais aussi les appels d'un enfant qui se noyait. Et j'ai eu l'impression, tandis que je scrutais l'horizon, qu'enfin la forêt allait y répondre.

Alors j'ai entendu un bruissement de feuilles et je me

suis cabré. Du cap, j'ai aperçu une silhouette qui se faufilait entre les arbres nains. J'ai d'abord cru au mirage et j'ai chassé d'un geste impatient les moucherons agglutinés qui obstruaient ma vue. La vision a persisté, se précisant peu à peu sous l'aspect d'une femme courant en direction de la mer.

J'ai réagi aussitôt et j'ai dévalé la colline. Au niveau du sol, la perspective était moins claire et pour un moment, j'ai cru avoir perdu ma chance. Mais mon ouïe exercée a continué de traquer la proie. Des pas pressés foulaient les hautes herbes à la limite du sous-bois et de la mer roussie. Habitué aux détours et contours de mon domaine, je n'ai eu aucun mal à repérer l'objet de ma quête.

Elle s'était arrêtée à la lisière de la plage de galets et reprenait son souffle, assise sur une pierre plate. Elle paraissait effarouchée; sa tête tournait de tous les côtés, à l'affût d'un poursuivant. Mais elle ne m'a pas vu venir par les sentiers feuillus du sous-bois et elle a eu à peine le temps d'esquiver mon bras qui l'enserrait à la taille. Elle s'est dégagée en hurlant et elle est parvenue à faire encore quelques pas avant d'être rejointe. J'étais obsédé par ce corps à demi nu, luisant d'une blancheur exceptionnelle. J'étais habité par une force qu'avaient aiguisée les privations. Je l'ai poussée sur les galets où je l'ai prise sans ménagement.

La lutte fut brève. Quand je me suis relevé, j'étais comme ivre et frappé de stupeur. Sans un regard pour ma victime, je suis allé vers l'océan jusqu'à la limite de la grève où, face à l'immensité indifférente, j'ai vidé mes poumons de tous les cris qu'avait pu contenir en moi un trop-plein de silence. Puis revenant vers elle, je l'ai trouvée à genoux, mal réveillée du cauchemar et frémissante de colère. D'un mouvement vif, elle s'est mise debout et elle a chargé, mains devant. Elle m'a saisi à la gorge et a serré de toutes ses forces. D'un coup de jambe, elle a tenté d'atteindre mon sexe, mais j'avais prévu la manœuvre et, me laissant tomber à la renverse, je l'ai entraînée avec moi. Par un jeu de pieds, je l'ai fait basculer par-dessus moi et avant qu'elle ne revienne de sa surprise, je l'ai assommée d'un coup de poing à la tempe. Après quoi je me suis moi-même effondré, la conscience abrutie.

III

Elle a craint d'abord le cannibale. Puis elle a découvert un geôlier aux intentions obscures, qui ne la quittait pas des yeux.

En effet, je l'ai gardée à vue sous mon abri que j'avais renforcé d'une structure de pierres et de boue. Je ne lui adressais pas la parole et elle me le rendait bien. Je ne l'ai pas non plus reprise depuis l'agression au bord de la mer. La nuit, je l'attachais avec des lanières d'écorce et je dormais près d'elle d'un sommeil léger. Le jour, je l'entourais d'attentions muettes, veillant à son confort et à sa nourriture.

Le temps passant, je l'ai emmenée dans la forêt pour la cueillette des fruits. Puis nous sommes allés quelques fois à la mer où, découvrant la plage de galets, nous nous observions fixement. Et quand mon regard descendait sur son ventre, elle me tournait aussitôt le dos.

Les promenades se sont répétées. J'en suis venu à relâcher quelque peu ma surveillance. J'avais moins l'impression de la retenir de force et, plus qu'elle sans doute, j'éprouvais une plus grande liberté dans mes mouvements. Elle paraissait d'ailleurs moins rétive à l'extérieur de l'abri et semblait même apprécier ma compagnie.

Ces moments étaient brefs. Au retour, l'hostilité latente reprenait le dessus. Une nuit, ne supportant plus le silence et la méfiance qui nous séparaient sous l'abri, j'ai essayé de l'amadouer. Je me suis penché sur elle et j'ai caressé son crâne chauve d'une main tremblante. Elle n'a pas bougé; elle me laissait faire tandis que ma main suivait la ligne des arcades sourcilières et descendait l'arête du nez; du doigt, j'ai touché ses lèvres et alors, elle m'a mordu jusqu'au sang!

Je ne l'ai pas frappée. Je l'ai saisie par le cou en pressant sous les oreilles jusqu'à ce qu'elle desserre les dents. Puis je l'ai regardée un long moment sans comprendre. Elle pleurait, la tête appuyée sur sa poitrine, avec des petits cris plaintifs et rauques. Sans prendre la peine de soigner ma blessure, j'ai roulé lourdement sur le côté, comme pour dormir, effacer, oublier. Le souvenir de la plage me hantait et je n'ai fermé l'œil que lorsque ses plaintes ont cessé. Alors seulement je me suis mis à parler. De ma vie de jadis, avec ma femme et mes deux filles; de ma vie d'homme rangé, insouciant et paresseux. Cette vie qui ne concernait plus personne, qui n'avait plus aucun rapport. Péniblement, maladroitement, j'ai cherché à m'expliquer, à expliquer ce que j'étais devenu, ce que mon monde était devenu.

En levant les yeux vers elle, j'ai constaté qu'elle n'écoutait déjà plus. La tête haute à présent, elle fixait un point dans le vide. J'ai demandé:

— Et toi, qui es-tu?

Elle n'a pas répondu tout de suite. Elle avait du mal à bien respirer et puis les mots, avec le temps, s'étaient dispersés dans sa mémoire.

— Marie, dit-elle enfin.

Mais aussitôt elle s'est renfrognée et n'a plus rien dit.

Je me suis rapproché, j'ai souri. Tendrement, j'ai collé ma joue contre son ventre.

— Marie, ai-je répété.

Elle s'est raidie un peu et prenant mon visage dans ses mains, elle a cherché dans mes yeux une réponse à sa propre angoisse. Mais elle n'y a vu qu'une flamme brillante dévorant toute la pupille.

Qu'est-ce que j'attendais d'elle?

Marie le savait, mais la vérité, depuis que nous menions une existence à peu près harmonieuse sur la colline, l'effrayait. Pour elle, je vivais dans un monde à part, tissé de rêves fantasques qu'il valait mieux ne pas contredire. Elle devinait dans mes gestes, mes attitudes et mes sourires entendus, un plan qui la dépassait et dont elle était exclue.

Et je ne guettais plus ni le large, ni une prisonnière, mais la courbe graduée d'un bas-ventre, sans discerner la peur qui s'installait en elle. Pourtant, je la suivais pas à pas et parfois je lui disais: «Marie, le soleil va déchirer ta carapace.» Alors elle ne savait plus si je parlais d'elle ou de l'île, ou si je n'étais pas quelque part ailleurs, sur une planète lointaine où le soleil luirait sans se faire prier.

Et plus le temps s'écoulait, plus mon regard l'enfermait dans une nouvelle prison. Peut-être m'aimait-elle alors, mais je ne lui appartenais plus, j'étais tout entier plongé dans ses entrailles, à rêver d'un demi-dieu. L'île n'avait jamais porté d'enfants et n'en porterait jamais, voilà ce qu'elle croyait, voilà ce que croyaient tous ceux qui avaient vainement tenté de démentir les faits. Mais comment pourrait-elle m'en convaincre?

Lorsque je me suis trouvé sur son chemin, elle voulait échapper aux cannibales, à cette folie qui s'était emparée des insulaires privés de passé et d'avenir. Elle-même avait goûté la chair humaine et en ressentait du remords, car n'était-ce pas le signe d'une ultime déchéance? Ne serait-elle pas dévorée à son tour?

Moi, grisé par l'attente du miracle, je ne percevais aucun des signaux de détresse qu'elle m'envoyait. Elle ne grossissait pas et je ne constatais rien. Elle essayait, sous le couvert de paroles innocentes, de me montrer la beauté de notre vie commune, de me témoigner une tendresse qui allait au-delà de mes espoirs déraisonnables. Mais moi, obnubilé, je n'entendais que la voix maternelle qui appelait l'enfant pour le repas ou qui surveillait ses premiers ébats dans l'eau. Toute mon énergie était concentrée sur cet appel de la mémoire, mon désir puisant davantage au passé qu'au futur.

Bientôt pourtant, je finis par admettre l'évidence. Le ventre de Marie était aussi plat qu'au premier jour. Dans la faible clarté du ciel brunissant, j'ai compris en détaillant sa silhouette que le destin n'avait pas tenu ses promesses. Or, Marie était désormais seule pour en répondre. Et pour cela, je la haïssais.

— Tu n'es pas enceinte! l'accusai-je en la secouant.

Comme je revenais de loin... Elle m'a regardé bien en face, sans colère, essayant à nouveau de me convaincre par la douceur.

— Je ne l'ai jamais été, Abel...

— Pourquoi?

C'était une question de fou, et mon cri l'a glacée.

— Pourquoi? hurlai-je encore en lui serrant les bras.

Elle s'est brusquement dégagée de mon étreinte. Il lui aurait suffi d'un geste pour me précipiter au bas de la crête.

— Laisse-moi! hurla-t-elle à son tour. Qu'espérais-tu? Je ne suis pas celle que tu attendais. Au moins 15 hommes comme toi m'ont passé sur le corps avec le même résultat!

Elle a fait un pas de côté pour fuir, mais je l'ai retenue solidement au passage. Mon visage s'est durci; dans la pénombre, il a pris la texture de la pierre volcanique. Oui, j'ai noirci, adoptant la couleur de mon refuge, la couleur qui est à l'origine de toutes les couleurs. Marie a reculé. La noirceur l'a enveloppée aussi. Et il m'est venu à l'idée de la reprendre comme sur la plage de galets! Elle a reculé encore. Je me suis collé contre elle, en poussant; elle a voulu m'entraîner. Je l'ai attirée à moi, puis je l'ai tenue près du vide. Je l'ai embrassée, elle a crié. Elle m'a supplié, j'ai serré plus fort. Et puis, elle a bougé. Je n'ai pas vu le coup venir. Je me suis plié sous l'effet de la douleur. Elle a reculé encore, perdant pied...

IV

Au matin, je n'ai pas retrouvé son corps au pied du cap. J'ai fait le tour de la colline en l'appelant, mais sans vraie conviction. Un errant affamé, ai-je pensé, en aura fait sa fête. Ou bien la mer couleur de rouille l'aura ravalée.

Et pourtant, je me suis obstiné. J'ai exploré les environs en quête de traces ou d'indices. Je me suis enfoncé dans la forêt, trébuchant contre les troncs et les souches. J'ai titubé de douleur, ne sachant plus à quel rêve me raccrocher.

Tout l'édifice chimérique s'est écroulé là, à l'extrémité du cap de lave. Tout est retourné en poussière, en ce brouillard opaque qui bloque la voie au soleil et à la lumière. Les moustiques, ayant pris goût à mon sang, m'assaillent à présent. Je ne me défends plus, ma main experte ne fend plus l'air pour les empoigner, les moudre et les porter à ma bouche. La faim n'anime plus ma volonté; elle m'a quitté avec Marie, au fond du gouffre.

Et me voici face à vous plus mort que vivant. Dans la petite mare boueuse où je me suis arrêté pour m'abreuver, j'aperçois mon visage crispé et vieilli. Ce visage me fait horreur. Accroupi dans la boue, au milieu de mes bourreaux armés de gourdins et de pierres, je regarde et je vois des yeux blancs au milieu d'une figure toute noire. Je vois des lèvres lippues, tordues en un étrange sourire. Un sourire. Tu entends, Lou, un sourire.

Car elle m'a menti. Elle n'a pas pu faire autrement que de me mentir. Elle portait un enfant. Elle portait mon enfant, le seul qui aurait pu survivre. Elle m'a trompé, Lou, comme je vous ai trompés. Il n'y pas de dieu. Et ce que je comprends aujourd'hui, j'aurais dû le comprendre depuis le début. Nous sommes ici en enfer, damnés du nouveau monde!

Vertige chez les anges

Orphée — Et après?
Heurtebise — Après? Personne au monde ne peut
vous renseigner. La Mort commence.

Jean Cocteau,
Orphée (au théâtre)

Maison à louer

(une bonne vieille histoire de fantômes...)

C'était en mai. J'en avais assez des études, de la ville et des projets de travail qui n'allaient nulle part. Le printemps, en retard sur le programme, commençait timidement à se manifester et des plaques de verdure, çà et là, striaient la terre en dégel. J'avais emprunté à mademoiselle Maroc, psychologue en herbe et tireuse de tarot professionnelle, le tas de ferraille qui lui servait de voiture. Je lui expliquai que je partais à la campagne dans le but de me louer une maison pour l'été. Il se pouvait que j'y écrive un livre, ajoutai-je, ou que je prenne un bain de nature sans rien faire du tout. Mademoiselle Maroc (ainsi surnommée à cause de son goût immodéré pour le haschich) croyait cependant que je me retirais du monde à des fins thérapeutiques. Elle voyait dans ma nonchalance le signe précurseur d'un état dépressif. Aussi, quand plus tard je lui racontai les faits étranges qui étaient survenus durant mon séjour à la campagne, elle refusa d'y croire. Pourtant, je le jure, je n'ai pas inventé cette histoire.

□

La maison était située sur la route du village de Sainte-Anasthasie. Il n'y avait pas de pancarte pour annoncer qu'elle était à louer, mais elle était inhabitée, ce qui, à la campagne, constitue en soi une sorte de réclame. J'arrêtai la voiture pour l'examiner de plus près.

Il s'agissait d'une maison de ferme typique construite sur deux étages, pourvue d'une annexe et d'une large galerie à l'extérieur. En son temps, elle avait dû abriter une famille nombreuse. Le revêtement de bardeaux superposés avait besoin d'être repeint mais dans l'ensemble, le bâtiment semblait en bon état et solide sur ses fondations. Il m'était alors difficile de juger de l'intérieur autrement qu'en épiant aux fenêtres car les portes, à l'avant comme à l'arrière, étaient cadenassées.

Le site, sans présenter une grande attraction touristique, avait son charme. Derrière la grange, un coteau en pente douce menait à une rivière peu profonde où il serait possible, lors des chaleurs de juillet, de se rafraîchir. Plus loin, il y avait un champ surélevé et au-delà, un sous-bois. Cela présageait bien pour des promenades solitaires. Malgré une visite plutôt sommaire des lieux et avant même d'obtenir une confirmation au sujet de la location, j'étais décidé: je louais.

☐

Physiquement, le propriétaire me fit l'effet d'un bœuf; mentalement, celui d'un demi-fou. Outre le marmonnement de monosyllabes qui constituait son langage, il avait un regard fixe qui donnait le frisson. J'étais embarrassé en sa présence et c'est pourquoi, pour avoir des renseignements, je m'adressais davantage à sa femme dont l'aspect était plus rassurant. Elle semblait d'ailleurs plus décidée que son mari à louer la maison. L'autre, manifestement, la faisait visiter à contrecœur, en grognant et en exagérant les défauts de celle-ci. Pour ma part, je fus tout à fait séduit.

Le premier étage consistait en une grande pièce, servant à la fois de cuisine et de salon, et une petite chambre en retrait, que j'aménageais d'avance en imaginant où je placerais mon lit, ma commode, mes livres et mes plantes.

Le second étage excita encore davantage mon imagination, à cause des plafonds bas et anguleux qui donnaient un cachet particulier aux deux chambres du haut. Je résolus d'utiliser une des pièces comme chambre d'ami et l'autre comme bureau de travail où, je l'espérais, je mènerais à bien mes projets d'écriture.

Il me fut permis de jeter un coup d'œil au grenier — que je jugeai sans intérêt — mais non pas aux pièces de l'annexe, dont la porte d'accès était fermée à clé. J'eus beau questionner autant l'homme que la femme sur ce refus, je n'obtins que des réponses évasives. Pendant un instant, je me crus dans un pastiche de Hitchcock, puis je me dis qu'il devait y avoir quelque raison sentimentale pour justifier l'interdiction. Peut-être y conservaient-ils des antiquités et craignaient-ils de se faire voler. De toute manière, peu m'importait. La maison était bien assez grande pour une personne seule.

Ils ne voulurent rien savoir de la signature d'un bail; les ententes, par chez eux, se faisaient de vive voix, c'était à prendre ou à laisser. Je pris.

☐

Mademoiselle Maroc m'aida gracieusement à emménager. Elle trouva la maison charmante et voulut même y demeurer quelque temps avec moi. Je refusai. J'aimais mademoiselle Maroc, nous étions de grands amis, nous échangions nos secrets les plus intimes, mais plus de trois jours d'affilée, je ne pouvais pas. Avec quiconque, c'était pareil. Après trois jours, mon seuil de tolérance était atteint, je me roulais en boule et réclamais le territoire pour moi seul. Mademoiselle Maroc, plus que tout autre, comprenait très bien cet aspect de ma personnalité. Elle s'était invitée pour la forme et quand elle partit, elle me mit en garde contre les vices de la solitude et me refila un joint. Je regrettais presque de la laisser partir.

☐

Quand je me retrouvai seul dans cette grande maison, les premières nuits furent éprouvantes. Il fallut m'habituer aux bruits jusqu'à ce qu'ils me deviennent familiers. Ce n'était pas une mince affaire, surtout pour un individu qui comme moi, avait le frisson facile.

Ainsi, je passai des nuits entières à guetter tous les sons, grondements, grattements, craquements et grincements qui étaient l'apanage de cette maison de bois exposée aux vents. Par moment, j'avais l'impression d'habiter un navire pris dans la tempête. Puis, peu à peu et au prix d'insomnies chroniques, j'identifiai les bruits et m'y habituai.

Au début, je dus tout faire à la fois: peinture, rénovation, jardinage, courses et achats divers au village. Je ne pensais à rien, je m'investissais totalement dans la moindre de mes tâches quotidiennes et m'inquiétais peu du lendemain. Seul et libre de toute contrainte, j'entrevoyais un été superbe. Je n'étais pas riche, loin de là, mais j'avais de quoi subsister encore quelques mois, jusqu'à mon retour à l'université si toutefois je décidais d'y retourner. À l'époque, il n'y avait pas d'autre mot pour exprimer mon état: j'étais béat.

☐

À la fin du mois de mai, je reçus une visite inattendue. Un gars du village, sans doute mû par la curiosité, vint prendre de mes nouvelles. Luc Véronneau était le fils du plus gros fermier de la place et il étudiait en administration à la même université que moi. Il passait l'été chez ses parents et avait entendu dire que j'étais écrivain (Par qui? Je n'osai pas le lui demander) et voulait savoir si mon travail avançait. Je lui répondis qu'écrivain était un bien grand mot en ce qui me concernait et que jusqu'ici, je n'avais pris que quelques notes en vue d'écrire une nouvelle. Il avait amené avec lui une bouteille de vin maison, à base de cerises fermentées, et cherchait de la compagnie pour la boire. Je m'offris volontiers pour y goûter. J'y goûtai à répétition, aidé en cela par mon visiteur qui s'empressait de remplir mon verre à mesure que je le vidais.

Il partit assez tard dans la soirée en promettant de revenir bientôt. Son rire communicatif m'assura de sa sincérité.

☐

Je pris un plaisir particulier à préparer mon jardin. Je n'aimais pas beaucoup les animaux, mais j'avais une passion pour les végétaux et pour tout ce qui sortait de la terre. Aussi, je mis du cœur à défricher mon carré de terre et à y semer une variété d'herbes et de légumes. Je mis autant de soin à rempoter et à «reloger» mes plantes après le déménagement. En peu de temps, à cause de l'abondante luminosité qu'offraient les nombreuses fenêtres de la maison, elles gagnèrent en vitalité et quelques-unes fleurirent.

Je m'occupai aussi de l'installation de ma table de travail, au second. En fait, je m'en fabriquai une avec un panneau de bois pressé et des bouts de deux par quatre. Une fois qu'elle fut terminée, je la plaçai face à la fenêtre, je m'assis, posai un cahier d'écolier devant moi et écrivis en tête de la première page: «Aujourd'hui, 3 juin...»

Ma main trembla et je n'achevai jamais ma phrase.

☐

J'étais un spécialiste de l'angoisse. D'ordinaire, elle se manifestait chez moi sous la forme d'une contraction à l'estomac, aux mâchoires ou derrière la nuque. Cette fois, je la ressentis comme une anémie générale.

Cette sensation m'accabla depuis le moment où mon stylo avait bloqué devant la page blanche, non par manque d'inspiration, mais par gêne, car j'eus alors la certitude que «quelqu'un» regardait par-dessus mon épaule.

J'appelai mademoiselle Maroc qui s'efforça, par des arguments raisonnables, de me calmer. Elle y parvint à moitié seulement, car lorsque je raccrochai, il me resta un doute, doute qui s'amplifia les jours suivants et qui finit par accaparer toute mon attention. Les insomnies troublèrent à nouveau mes nuits.

☐

Luc Véronneau revint me voir et me trouva nerveux et maussade. Bien qu'il ne fût pas un ami intime, je lui confiai ce qui me tracassait. Je pesai bien mes mots et lui parlai d'une «présence» qui rendait depuis peu l'atmosphère de la maison oppressante. Il ne réagit pas à la légère comme je m'y attendais et devint plutôt grave. Il soupira, comme si ce qu'il s'apprêtait à me dire lui coûtait, et commença à raconter l'histoire de son oncle, le propriétaire de la maison que j'avais louée.

«Mon oncle, dit-il en guise d'introduction, n'a jamais été une lumière, mais c'est un brave homme qui a le cœur sur la main et qui se dépense sans compter pour les autres... Bien sûr, depuis la mort de sa femme, il est différent...»

J'allais l'interrompre, mais il avait prévu ma réaction.

«Je parle de sa première femme, Marthe, avec qui il a vécu ici... C'était la fille des Langlois, de St-Gilles, une fille qui avait de l'instruction. Elle s'est pendue... personne ne sait au juste pourquoi... sans doute était-elle malheureuse de vivre avec un homme quasiment idiot. Mon oncle ne s'en est jamais remis... C'est lui qui l'a trouvée, pendue dans sa chambre... Depuis, il n'a pas voulu revivre dans cette maison et il a l'air plus mort que vivant...»

— D'après toi, dis-je, cela expliquerait ce que j'ai senti l'autre jour...

— Je ne crois pas aux revenants, mais on dirait que les morts tragiques laissent des traces... comme si la maison restait imprégnée du malheur passé. Je ne sais pas, tu as peut-être senti ces mauvaises vibrations par une sorte d'intuition et ça t'a ébranlé.

Il sourit. Je devinai qu'il pensait, comme moi, aux histoires de Lovecraft ou d'Edgar Allan Poe.

— Il s'agit de se raisonner, conclut-il, et la peur disparaît.

J'aurais voulu lui expliquer que ce n'était pas tant la peur qui m'habitait que l'appréhension, comme si j'étais en attente de quelque chose d'indéfinissable, quelque chose d'étroitement rattaché à cette maison et à cette femme pendue, mais je ne trouvai pas les mots convenables et me tus. Sentant que je désirais être seul, Luc s'éclipsa presque aussitôt. Il fit une blague un peu sinistre sur la cohabitation pacifique avec les esprits et comme je ne riais pas, il partit précipitamment sans demander son reste.

☐

Afin de venir à bout de mes craintes, je décidai de m'appliquer sérieusement à écrire. De fait, j'écrivis plusieurs pages dans la même soirée, mais ces pages, après relecture, me parurent insignifiantes et je les jetai au panier. J'allai ensuite me coucher, amer et désenchanté vis-à-vis de moi-même; je considérais de plus en plus mon existence comme une parfaite nullité. Ce n'était certes pas le moment, mais je fumai le joint que m'avait laissé mademoiselle Maroc et auquel je n'avais pas encore touché. Le joint, plutôt que de favoriser mon introspection, m'amortit et quelques instants plus tard, je m'endormis.

Je rêvai à ma mère; elle était à l'hôpital et je tentais de lui passer une camisole de force; elle résistait, je la frappais, je hurlais et lui crachais dessus en resserrant les sangles qui l'étouffaient. Mais je ne parvenais pas à la ligoter complètement et d'une main libre, elle me griffait le visage. Je criai et m'éveillai en sursaut.

Au-dessus de ma tête, par le plafond, j'entendis alors des pas ou du moins, ce que je crus être des pas. Il s'agissait de bruits nouveaux, très nets, et je fus certain d'entendre quelqu'un marcher juste au-dessus de ma chambre, c'est-à-dire dans une des pièces de l'annexe fermée. Je n'osai pas aller vérifier mon hypothèse et étonnamment, je me rendormis.

Je me réveillai à la barre du jour, trempé de sueur et tremblant de la tête aux pieds, en proie à une indicible frayeur «après coup». Je souhaitai de tout cœur avoir rêvé, mais je ne pus raisonnablement m'en convaincre. Il était temps d'appeler au secours. J'appelai de toute urgence mademoiselle Maroc et l'invitai pour trois jours. Elle accepta.

□

Mademoiselle Maroc vint à ma rescousse en remplissant des rôles qui ne lui étaient pas familiers: cuisinière, femme de ménage, garde-malade. J'étais pâle, elle me força à prendre du soleil; j'étais maigre, elle m'engraissa aux spaghetti; j'étais triste, elle m'offrit à boire. Elle retapa mon jardin qui allait à l'abandon, elle sauva mes plantes qui se desséchaient faute d'attention. En fait, elle redonna vie à tout ce que j'avais laissé mourir autour de moi sans même m'en rendre compte.

Le soir, elle me borda comme un enfant, et finit par glisser avec moi sous les couvertures.

Quand je fus redevenu à peu près moi-même, elle me parla crûment.

— C'est quand la dernière fois que t'as vu ta mère?

Je la voyais venir avec ses gros sabots, mais je ne savais pas comment contourner la question.

— Ça doit faire au moins cinq ans.

— Qu'est-ce que tu dirais si on allait la voir ensemble?

Je ne dirais rien, rien, je ne répondrais même pas.

Mademoiselle Maroc avait parfois une manière subtile de vous passer la corde au cou.

— Elle est folle, répondis-je.

Ce n'était pas une raison, mais je ne trouvai pas de meilleure objection.

— C'est quand même ta mère.

— Dans ta bouche, ça sonne faux... tu veux faire ma psychanalyse?

Dans le genre ironique, ça ne volait pas bien haut. Elle se tut. Je me tus. Nous nous tûmes. L'idée resta donc en l'air et le lendemain, nous partions pour l'hôpital.

☐

Une fois sur place, je voulus repartir. À l'accueil du centre hospitalier, on me reçut comme si je débarquais de la lune. Avec raison d'ailleurs, puisqu'on ne se souvenait même plus que madame Turgeon avait un fils. On la fit descendre dans le salon des visiteurs et lorsque je l'aperçus, j'étais déjà en état de choc et je la vis comme à travers un épais brouillard. Elle paraissait détendue même si sa chevelure hirsute rappelait ostensiblement son état. Mademoiselle Maroc s'avança la première pour la saluer. Ce fut de sa part un faux calcul puisque ma mère l'ignora purement et simplement, fixant son regard exclusivement sur moi, un sourire figé aux lèvres. Un infirmier jugea bon de faire des présentations officielles, comme si tout, bien avant cette confrontation, avait été soigneusement répété pour éviter les bavures. Je m'avançai mécaniquement vers ma mère et l'embrassai. Elle m'embrassa à son tour, décochant ensuite un regard venimeux en direction de mademoiselle Maroc. Elle me dit alors, sur un ton de confidence, que l'homme de Sussex Street la faisait toujours surveiller et qu'elle avait écrit à des relations au Parlement pour contrecarrer les projets de son persécuteur. J'opinai poliment. Elle s'excita. L'homme de Sussex Street avait récemment tenté de la faire empoisonner, car elle savait des «choses» sur son compte, mais elle avait échappé à l'attentat grâce à sa vigilance. L'aiderais-je dans ses démarches à Ottawa? Si son propre fils l'appuyait, elle augmenterait ses chances de réussite, non? Oui, bien sûr.

Il était temps de partir. L'animosité de ma mère à l'endroit de mademoiselle Maroc croissait et quand l'infirmier la ramena à sa chambre, elle ne se gêna pas pour l'insulter copieusement. J'étais trop content de sortir de là pour me rendre compte que mademoiselle Maroc filait un très mauvais coton.

Je m'installai au volant de la voiture et pris le chemin le plus court pour rentrer à la maison. Durant le trajet, mademoiselle Maroc ne prononça que ces mots:

— Je regrette.

— Tu n'as rien à regretter. J'aurais dû y aller seul et bien avant aujourd'hui.

Elle ne protesta pas. Je n'eus rien à ajouter. Je me sentais seul tout à coup, et l'énergie accumulée depuis la venue de ma sauveteuse s'épuisa aussitôt que je mis les pieds dans la maison de la pendue. Sa «présence» suintait des murs.

□

Le lendemain, mademoiselle Maroc me tira au tarot. Elle étala le jeu sur la table et de manière plutôt confuse, je sentis que je devais maintenant affronter mon destin; les cartes en seraient le miroir déformant.

Les cartes sur la table formaient un rectangle délimité

par des épées, images qui me semblèrent menaçantes, dirigées contre moi. Mademoiselle Maroc interpréta cette levée d'armes comme un effort intellectuel particulièrement marqué qui assurerait la pleine réalisation de mes aspirations mais, ajouta-t-elle, la bataille serait rude et de tout instant. Au centre du jeu, reliant le tout, il y avait la carte de l'ermite avançant dans l'obscurité avec son pauvre fanal. «La solitude du pèlerin face à l'inconnu», dit-elle avec un tremolo dans la voix. Mais elle ne souffla mot des deux cartes qui le flanquaient, soit la carte du pendu et celle du squelette faucheur, la Mort.

☐

Quand les trois jours furent écoulés, mademoiselle Maroc se prépara à partir. Lors de ces préparatifs, j'eus une attitude contradictoire qui ne dut pas la rassurer. D'un côté, je la pressais de prendre la route au plus tôt; d'un autre, je la retenais, inventant toutes sortes de prétextes pour qu'elle diffère son départ, au point où elle ne sut plus quoi décider ni où elle en était avec moi. Je ne trouvai rien de mieux à faire pour dissiper l'ambiguïté que de me retirer de son champ visuel. J'allai me réfugier dans la grange où, peu de temps après, elle me rejoignit dans la paille. Je délirais, au bord des larmes.

— Je deviens fou, comme elle!

Mademoiselle Maroc employa le meilleur remède dans les circonstances: elle me coucha sur la paille et m'embrassa. Nous fîmes l'amour en pleurant, ce qui eut pour résultat de nous libérer d'une formidable pression intérieure. La jouissance nous fit lâcher en même temps un cri qui nous inonda de bonheur.

☐

Les jours suivants donnèrent lieu chez moi à une véritable dégringolade. Mademoiselle Maroc partie, je me remis fébrilement à écrire, mais en déchirant à mesure ce que j'écrivais. L'annexe m'obsédait. Je rôdais autour. Je défiais même le fantôme en laissant pendre du grenier une corde avec au bout, un nœud coulant. Cependant je n'osais pas enfoncer la porte. De quoi avais-je peur? De ne rien trouver? D'obtenir une preuve de ma démence?

Je poussai le jeu jusqu'à détacher la corde et la traîner partout avec moi, comme si de coller contre moi la mort la rendait moins terrible. Je laissai le jardin et mes plantes péricliter; je n'allais presque plus au village en vélo et je passais mes journées à me bercer comme un petit vieux sur la galerie, regardant passer les rares véhicules telle une vache imbécile.

☐

Luc Véronneau vint un jour m'offrir de faire de l'équitation dans le bois avoisinant. Il me sembla écœurant de politesse — je le soupçonnai de s'être fait, comme le reste des habitants du village, une idée peu reluisante sur mon compte. Je répondis à son invitation avec une certaine brutalité, à savoir que je n'aimais pas les chevaux et qu'à bien y penser, je n'aimais pas davantage les humains. Il reçut parfaitement le message et ne revint plus.

☐

Mes nuits se transformèrent rapidement en cauche-
mars récurrents. Des pas, les mêmes pas résonnant au-
dessus de ma tête, lancinants, insoutenables. Il m'arriva à
plusieurs reprises de monter au second étage et de coller
mon oreille contre la porte verrouillée de l'annexe, mais les
bruits s'évanouissaient dès que je montais l'escalier. Je ne
cessais de m'exhorter à enfoncer la porte, mais je ne trou-
vais jamais le courage de passer à l'action. Ce fut alors
que je décidai de faire appel au propriétaire.

J'allai chez lui au village. Il habitait une petite maison
carrée jouxtant le presbytère; il était, semblait-il, l'homme
de service du curé. J'insistai auprès du colosse pour qu'il
ouvre l'annexe condamnée ou s'il ne voulait pas le faire lui-
même, qu'il me remette les clés pour que je m'en charge. Il
refusa obstinément et bientôt sa femme vint le soutenir en
me présentant un ultimatum. Si je n'étais pas content, je
n'avais qu'à déménager ailleurs. Elle laissa entendre, au
travers de ses jérémiades, que je n'étais pas «normal» et
qu'il serait préférable, pour le bien de tous, que je quitte la
région. Je me surpris en m'entendant répondre:

— Mais madame, il s'agit de quelque chose de très
grave.

Elle eut alors un étrange regard à mon endroit, comme
injecté subitement de panique. Pour la première fois, hors
de tout doute, je constatai qu'on me tenait pour fou. Je
pressentis à ce moment que ce ne serait pas long avant
qu'on m'envoie un docteur ou un curé.

☐

Comme de fait, ce dernier se pointa dès le lendemain
sous prétexte d'une visite paroissiale. C'était un jeune curé
qui d'emblée faisait énormément d'efforts pour paraître

ouvert d'esprit. Il me posa d'abord quelques questions sournoises sur mes convictions religieuses; je lui répondis sans détour: celles que j'avais, je les gardais pour moi. Il n'insista pas mais me fit part des inquiétudes de Luc Véronneau à mon sujet. Peu lui importait les cancans du village, il se disait prêt à m'aider s'il le pouvait. Je saisis la perche. Je lui demandai s'il pouvait intervenir auprès du propriétaire de la maison pour qu'il consente à ouvrir l'annexe.

— C'est à cause des souris, expliquai-je, elles me réveillent la nuit et je voudrais y poser des pièges.

Il m'assura qu'il ferait son possible. Je le remerciai d'avance. Je m'emballais peut-être un peu vite, mais je sentais que j'avais soulevé le bon levier. Je me rassérénai, faisant même transmettre des excuses à Luc Véronneau.

Le curé, me voyant si raisonnable, crut avoir rempli efficacement sa mission et retourna à son clocher.

J'attendis patiemment les résultats, c'est-à-dire la visite du proprio ou l'envoi d'une clé. Rien ne vint.

Au bout d'une semaine, je perdis patience et dans un accès de colère, je défonçai la porte de l'annexe d'un coup d'épaule.

☐

Longtemps après l'événement, je me suis reproché d'avoir agi seul. Qui sait ce que j'aurais pu découvrir derrière cette foutue porte! Bien que cela se fût déroulé en plein jour, mon souvenir est resté imprécis, sinon que les deux pièces de l'annexe étaient couvertes de fils d'araignée et de poussière. Dans une des chambres, il y avait un vieux lit à ressorts surmonté d'une tête chromée, mais y avait-il un matelas? Des couvertures et des draps repliés

de façon impeccable, comme je l'affirmai par la suite? Sur
le coup, je n'y portai pas suffisamment attention, car lorsque j'entendis la porte de l'annexe claquer derrière moi, je
fus pris d'une terreur aveugle et fonçai vers la sortie.

Je ne me calmai qu'une fois à l'air libre, après avoir
couru jusqu'à la rivière au bas du coteau et m'être aspergé
d'eau froide. Je réalisai alors ma bêtise dans toute son
horreur: je l'avais laissée sortir!

□

Il me fallut rassembler tout mon courage pour revenir
à la maison. Chemin faisant, je conçus un plan aussi vain
que stupide. Je m'arrêtai à la grange pour y ramasser quelques planches, des clous rouillés et un bon marteau.
Guidé par je ne sais quel instinct, je me précipitai vers la
maison et montai au second. J'entrepris alors de condam-
ner l'annexe pour de bon en clouant des planchettes en
travers de la porte. J'agissais impulsivement, concentré
totalement sur mon ouvrage. Quand j'eus terminé, je me
retournai brusquement car il me sembla avoir entendu un
chuchotement. Alors je vis la corde de pendu qui, partant
du grenier, se balançait au milieu de la pièce.

Je restai longtemps à la fixer, cette corde, comme
privé de mes moyens. La provocation du fantôme — car
c'était ainsi que je percevais la chose — me parut à la fois
tragique et ridicule. Escomptait-il me faire peur avec une
corde que j'avais moi-même fixée à une des poutres du
grenier? Non, en réalité la femme pendue, où qu'elle soit,
me lançait un défi, elle opposait ma vie à sa mort dans un
match truqué et dérisoire. Et par défi, je m'approchai de la
corde pour en éprouver la solidité. Elle tenait bon. Par défi
encore, je montai debout sur une chaise et passai le nœud

coulant autour de mon cou. Je regardai vers le bas et durant un instant, je m'amusai de la situation. Je ne croyais pas vraiment que j'allais lâcher prise; c'était trop facile, trop bête, la distance était trop courte entre ici et là. Toute ma force résidait dans mon souffle, dans mes pulsations cardiaques, dans la chaleur de mon sang, dans la tension de mes muscles, et c'est cette force vitale que me réclamait maintenant une femme qui en était depuis long-temps dépourvue.

Elle m'invitait au jeu, elle dont l'existence n'avait été que renoncement et souffrance muette. Comme l'existence de ma mère qui avait, elle aussi, trouvé un aboutissement tragique. Peut-être toutes deux voulaient-elles se venger de ma vitalité, de ma jeunesse que je gaspillais avec tant d'insouciance. Elles me tentaient, soufflant des encouragements à mon oreille, aiguisant ma curiosité. Suffisait-il vraiment de se balancer au bout d'une corde pour sauter le pont et se retrouver de l'autre côté? Suffisait il de basculer une chaise pour voir, pour enfin voir les limites du néant?

À force de contempler le vide, je devins comme étourdi. Mes jambes fléchirent juste un peu, la chaise recula, la corde siffla et m'attrapa par le cou.

☐

Au matin, alors qu'il venait me porter la clé de l'annexe, Luc Véronneau me trouva inconscient, un nœud coulant serré autour du cou, mes pieds raclant le plancher. La corde s'était révélée trop longue et bien qu'à demi étranglé, je n'étais pas mort. Il m'emmena d'urgence à l'hôpital où on prit soin de moi.

Depuis, ils m'ont transféré ici, dans un bloc voisin de

celui où croupit ma mère. Je l'entrevois quelquefois dans les longs couloirs de l'hôpital mais elle ne me reconnaît pas. Elle en veut toujours à l'homme de Sussex Street.

Je reçois parfois la visite de mademoiselle Maroc, mais ses visites m'épuisent. Elle fait semblant d'écouter, mais je sais bien, moi, qu'elle n'y croit pas. Pourtant, je le jure, je n'ai rien inventé de cette histoire.

Avis de décès

Madame Melon relut la lettre qu'elle venait de recevoir par la poste avec une certaine perplexité. N'était-ce de son caractère soucieux, elle aurait pu en rire. Mais elle frémit plutôt en relisant la lettre qui portait l'estampille de la Sécurité sociale.

«Madame,
Nous avons eu une information selon laquelle vous seriez décédée. Prière de vous présenter à nos bureaux avec vos papiers d'identité.»

Il s'agissait vraisemblablement d'une méprise, mais Thomassine Melon avait du mal à faire face aux situations impliquant quelque rapport avec les autorités. D'un tempérament timide et renfrogné, Thomassine vivait loin du monde autant que cela lui était possible. Elle soupçonnait d'ailleurs ses ex-collègues de la bibliothèque universitaire de lui avoir joué un vilain tour.

Au téléphone, on lui réitéra la demande de se présenter en personne au troisième étage, porte C, de l'édifice de la Sécurité sociale. Peu encline aux discussions téléphoniques, Thomassine ne protesta pas et raccrocha. Incapable de passer outre à une instruction qui émanait d'un service gouvernemental, elle mit son manteau et sortit dans l'air frais de ce matin de novembre, puis s'avança

d'un pas incertain en direction de la tour géante où désormais étaient concentrées toutes les divisions et sous-
divisions du Gouvernement. En marchant, Thomassine
se rappela tout à coup que c'était aujourd'hui le jour de
son anniversaire. Elle haussa les épaules: elle avait 64
ans.

☐

À la porte C, au troisième étage, Thomassine pré-
senta docilement ses papiers à une préposée qui semblait,
par son attitude excédée, avoir quelque chose de plus
urgent à faire. Elle prit néanmoins connaissance de la lettre avec un air ennuyé et la référa aussitôt à la porte E,
cubicule nord, lui indiquant la direction à suivre d'un geste
las.

Thomassine obéit et rencontra dans le cubicule nord
une sentinelle automatisée qui apparemment n'avait pas
été programmée pour sourire. La sentinelle scruta le document contesté en hochant mécaniquement de la tête.

— Hum, hum... intéressant.

Thomassine ne voyait pas en quoi son cas devenait
subitement intéressant. À moins qu'elle ne fût vraiment
morte, ce qu'elle n'arrivait pas à admettre.

— Je transmets immédiatement votre dossier aux
personnes autorisées, madame Melon. Veuillez attendre
ici.

La sentinelle disparut par une porte de côté et sur le
moment, Thomassine apprécia ce répit solitaire. Elle fixa
stupidement le velours vert des cloisons, puis le pupitre
dégarni du fonctionnaire automatique et, enfin, les lampes
encastrées du plafond. Cette pièce ressemblait en tout
point à son ancien poste de travail à l'université, livres et

désordre en moins. Thomassine, une spécialiste en bibliothéconomie, ne s'intéressait pas à l'actualité en dehors de ce qu'elle trouvait dans les bouquins. Elle était néanmoins reconnue comme une archiviste des plus compétentes et on lui devait un système de classification universelle utilisé par la plupart des bibliothèques et des institutions d'enseignement.

Elle avait mis des années à mettre au point son système et ce travail monastique avait exigé la manipulation de millions de fiches et de codes. Une fois cette œuvre monumentale achevée, elle avait décidé de prendre sa retraite pour se consacrer enfin à la lecture des livres qu'elle avait patiemment classés toute sa vie durant. Sa soudaine notoriété dans le cercle restreint des archivistes professionnels avait cependant suscité toutes sortes de commentaires envieux, et il n'était pas impossible que...

Il aurait pourtant suffi qu'elle déchire cette lettre, quitte à passer pour morte. Ne valait-il pas mieux disparaître aux yeux du Gouvernement? Elle aurait ainsi évité d'avoir à payer des impôts; d'un autre côté, si ses chèques de pension étaient interrompus... À qui, par ailleurs, son décès présumé pouvait-il faire du tort? Elle n'avait plus de famille, peu d'amies et encore moins de relations avec des hommes. Sa seule passion l'attachait aux livres et elle s'avérait une collectionneuse enragée de volumes anciens; des livres d'histoire surtout, des poésies, quelques romans. De façon générale, Thomassine se désintéressait tout à fait de la «vraie vie», comme disaient autrefois ses collègues pour la taquiner.

Un homme cravaté fit son entrée dans le cubicule, suivi d'une jeune femme à lunettes. Tous deux prirent place face à Thomassine sans lui dire bonjour et se passèrent mutuellement des feuillets jaunes et verts pendant de longues minutes.

— Madame Melon, c'est bien ça? finit par demander l'homme.

— Thomassine Melon, domiciliée au...

— Nous disposons de tous les renseignements complémentaires, l'interrompit la jeune femme.

— Nous voudrions savoir, commença l'homme, qui vous êtes vraiment.

— Pardon?

— Voyez-vous, il n'est pas rare de rencontrer des faussaires, et...

— Je comprends. Mais vous vous trompez, c'est pourquoi je suis ici.

— Ce n'est pas si simple, trancha la jeune femme de façon énergique. Vous ne pouvez pas simplement vous présenter ici sous une fausse identité et espérer nous en convaincre.

— Il doit y avoir un malentendu...

— Madame Thomassine Melon est décédée, ceci est formel. L'avis de décès est incontestable et il n'y a aucune raison de douter de son authenticité.

Thomassine contracta ses lèvres en une sorte de sourire.

— Il s'agit peut-être d'une plaisanterie. Mes collègues, à l'université...

— Quelle université, madame Melon?

— L'université de cette ville, voyons...

— Il n'y a pas d'université dans cette ville, madame, et la fiche que j'ai entre les mains indique que feue Thomassine Melon était chômeuse de son état.

— Chômeuse? Mais j'ai passé ma vie à étudier avant de...

— Je crains, madame, que vous ne soyez acculée à nous dire la vérité!

La jeune femme la regarda froidement par-dessus ses lunettes. Dans une position raide, l'homme à cravate attendait.

Thomassine, par prudence, décida de se taire. Elle

avait suffisamment entendu d'histoires sur les services gouvernementaux pour ne pas pousser sur l'engrenage. En temps et lieu, elle trouverait les arguments et leur ferait entrevoir les conséquences humiliantes qu'entraînait une défaillance de l'ordinateur central. Thomassine prit même une pose arrogante en se calant sur sa chaise. Ainsi, elle fit front aux technocrates et leur résista silencieusement.

— Bon, comme vous voudrez. Je suppose que nous devons maintenant nous en remettre à la justice.

La justice! C'était le comble! La seule mention du mot *police* la faisait frémir, même lorsqu'il était question d'assurances sur la vie. Elle se raidit et tint bon; peut-être s'en tirerait-elle mieux avec des représentants de la loi. Il devait certainement exister un règlement quelconque la protégeant d'un traitement aussi abusif.

□

Elle fut conduite à la cafétaria du premier étage par la sentinelle rencontrée plus tôt à la porte E. L'automate aux yeux sans expression lui suggéra de prendre un café en attendant l'arrivée des enquêteurs. Thomassine alla se chercher un café à la distributrice automatique et acheta un beigne au miel au comptoir. Le robot-à-sous lui rendit trop de monnaie, mais elle n'y prêta pas attention.

Au bout d'une heure environ, un inspecteur en veste de cuir s'approcha de sa table et lui toucha l'épaule.

— C'est vous qui prétendez être Thomassine Melon?

— C'est moi.

— Venez.

Thomassine le suivit au sous-sol et de là, à travers un long corridor bétonné jusqu'à un autre édifice, également en béton.

— C'est triste ici, se crut obligé de dire l'inspecteur, mais que voulez-vous, c'est la sécurité.

Il la fit ensuite passer dans une salle très vaste qui ressemblait à un gymnase. Une salle vide, à l'exception d'un pupitre et d'une chaise bancale placés dans un coin. Un gros homme barbu y siégeait, arborant sur sa figure un sourire idiot. De la main droite, il tapotait un magnétophone à cassettes posé devant lui.

— Détendez-vous! ordonna l'inspecteur. Allez, respirez à fond, relâchez vos muscles!

Thomassine fit de son mieux, mais les exercices de relaxation n'étaient pas son fort.

— Alors, ma vieille, susurra le gros, dis-nous comment tu t'y es prise pour te débarrasser de la vraie Thomassine Melon.

— Inutile d'argumenter, l'avertit l'inspecteur en lui pinçant la joue droite. Tout ce qu'on demande, ce sont des aveux complets.

Instinctivement, Thomassine esquissa un geste vers la sortie, mais elle fut vite rattrapée par une main de cuir.

— Ne t'entête pas, grand-maman, suggéra le gros d'une voix tout miel. Des cas comme le tien, on en voit tous les jours. Tu n'imagines pas combien de gens souhaitent changer d'identité aujourd'hui. Allons, raconte-nous gentiment comment tu l'as tuée.

— Je n'ai tué personne, protesta Thomassine en articulant difficilement.

— Un peu de musique?

Le magnétophone cracha à la minute une musique synthétique particulièrement agressive.

— On danse? proposa l'inspecteur en saisissant rudement Thomassine par la taille.

Il l'entraîna malgré elle dans un tourbillon nerveux, l'exhortant par ses cris à bouger avec plus de vigueur.

— Allons, allons, dégagez les bras, tournez en sautillant, relâchez le bas du corps!

Déjà, elle n'en pouvait plus. Le barbu, seul dans son coin, tapait joyeusement dans ses mains.

— Des extensions maintenant!

Ses muscles craquaient, la sueur lui coulait dans le cou. Elle allait s'écrouler quand l'inspecteur en veste de cuir l'attrapa au vol. La musique se tut.

Alors le gros barbu quitta enfin sa chaise pour venir voir l'accusée de plus près. Se penchant vers elle, il la prit doucement par l'épaule et éructa:

— Avoue!

☐

Thomassine Melon n'avoua jamais, mais fut néanmoins condamnée à la prison à vie pour meurtre et usurpation d'identité. La prison en valait une autre; elle s'y habitua. Elle put obtenir des livres et passa le plus clair de son temps à les compulser méthodiquement. Elle escomptait ainsi découvrir l'origine de sa curieuse aventure.

Est-ce que des années de sa vie lui avaient échappé? S'était-elle substituée malgré elle, par quelque distorsion du temps, à une femme du futur? Bien qu'elle fût convaincue qu'une importante séquence de temps la séparait de son ancienne vie, elle ne parvint pas à étayer cette hypothèse, même en consultant une masse de volumes. Toutefois, à la lumière des dates, elle put confirmer que son étrange histoire avait bel et bien commencé le jour de son soixante-quatrième anniversaire, mais cette certitude ne lui servait à rien.

Tout cela était inimaginable, mais Thomassine devait s'y résoudre: elle vivait toujours, bien que déclarée morte, dans un monde qui n'était plus tout à fait celui qu'elle avait connu. Mais qu'avait-elle connu? Surtout des livres, encore des livres, et le recensement de ces mêmes livres et documents au moyen d'un nombre incalculable de fiches signalétiques. Peut-être le monde s'était-il transformé à son insu, penchant vers l'erreur et la violence. Elle n'avait rien remarqué, mais cela n'était guère surprenant; Thomassine n'avait jamais compris grand-chose à la «vraie vie» et jusqu'à ce jour, elle ne s'en était pas portée plus mal. Or, quelque part dans le système de classification universelle qui était son œuvre, le sens avait glissé, le titre s'était révélé impropre et l'erreur avait surgi. Il s'agissait certainement de codes défectueux qu'elle s'empresserait de corriger, de mettre à jour et de classer définitivement en mourant pour de bon. Ainsi, son décès dûment reconnu rétablirait l'ordre et chaque item retrouverait sa place sur les rayons.

Cette pensée la rassura et lui permit d'attendre la fin dans une relative sérénité.

Coup de dé

L e miroir ne renvoie pas ton reflet. Il n'y a devant toi qu'un vide insolent, effrayant. Après un moment d'inquiétude, tu te ressaisis, tu ris de cette situation de rêve, car tu te dis qu'il ne peut s'agir que d'un rêve tordu. Tu te remets donc au lit, convaincu que c'est la meilleure chose à faire et assuré que bientôt, tu vas te réveiller à la réalité.

Et pourtant tu ne te rendors pas, le rêve ne se transforme pas à l'avantage du réel et ta perception des choses reste — comment dire — déphasée.

La chambre est nue, désespérément, incroyablement nue. Tu devrais y voir une petite commode encombrée de bibelots, des photos épinglées au mur, des vêtements jetés sur le dossier d'une chaise et surtout, surtout, tu devrais sentir le corps chaud de Marie-Ginette. Au lieu de quoi, tu ne vois qu'un lit défait entre quatre murs lisses, tu ne sens que ta peau dénudée et frissonnante. Assez!

Tu rejettes enfin les draps, bien décidé à percer l'énigme. La seule explication qui te vient à l'esprit — «Marie-Ginette m'a quitté» — te semble abracadabrante. En admettant que ce soit vrai, comment aurait-elle pu vider la pièce sans bruit durant ton sommeil? Est-il possible qu'elle ait pu te faire avaler un somnifère à ton insu? Et qu'est-ce qui, dans son attitude des derniers jours, laisserait croire à une rupture aussi brutale?

Tu t'approches de la fenêtre, mais les vitres embuées

et givrées ne révèlent rien du dehors. Tu essaies de l'ouvrir, tu essaies même de la forcer, mais la fenêtre reste
coincée. Malgré d'autres tentatives rageuses, elle résiste;
c'est comme de s'attaquer aux barreaux d'une cellule. Te
découvrant tout à coup prisonnier chez toi, l'angoisse
t'étreint.

Alors tu te rues dans les autres pièces du logement
pour en arriver au même constat: le mobilier, les cadres
aux murs, les menus objets, tout a disparu. Tout, à l'exception de stores en papier accrochés aux fenêtres du
salon et d'un téléphone rouge posé sur le plancher de la
cuisine. Tu ne reconnais ni les stores ni le téléphone.

Tu t'attaques d'abord aux stores avec une précipita-
tion maladroite. Tu en arraches les supports, mais c'est
pour découvrir derrière les mêmes vitres givrées, impossi-
bles à éclaircir.

T'appuyant au chambranle de la porte de cuisine, tu
prends un moment pour respirer avant de t'emparer du
téléphone. Dans l'état où tu te trouves, tu éprouves de la
difficulté à te remémorer les numéros de tes amis. Tu en
composes un, puis un autre, puis un autre encore. Tu
entends les brèves tonalités à l'autre bout du fil, mais
jamais personne ne décroche. Tu as beau crier: «Répondez! Répondez! Répondez!» cela ne t'avance à rien. Tu
voudrais pleurer, et finalement tu raccroches comme si
une standardiste étourdie venait de couper la communication. Tu téléphones encore, obstinément, au standard, à
la police, aux urgences, à tous les numéros qui te passent
par la tête. Et lorsque enfin tu comprends que tu n'arrive-
ras à rien avec cette stratégie, tu débranches l'appareil et
tu le projettes de toutes tes forces contre les carreaux
d'une des fenêtres du salon. Tu n'arrives même pas, malgré des essais répétés, à les égratigner.

Alors tu deviens comme fou. Nu, transi et découragé,
tu frissonnes en te recroquevillant sur le plancher froid,

trop éberlué et dérouté pour réfléchir. Roulé en boule, tu te balances, tu te berces... et progressivement, tu réussis à générer en toi un peu de chaleur, un peu de courage.

Quant tu te relèves, tu crois être redevenu un être humain à part entière, lucide et résolu. Mais ton esprit dérape... Serais-tu le cobaye de quelque savant fou et sans scrupules? En quel cas, tu te jures d'être le plus fort et de le démasquer.

C'est donc avec frénésie que tu entreprends l'inspection minutieuse du logement, traquant un quelconque dispositif électronique: micro, sonde ou caméra dissimulés. Pour ce faire, tu défonces le miroir à coups de téléphone, tu éventres le matelas et déchires les draps, tu arraches du plâtre aux murs et tu défais tout ce qui peut se défaire à l'aide de tes mains. En vain. Dans les recoins, les interstices, les fissures, dans toutes ces cachettes probables et improbables, tu ne trouves ni savant hystérique, ni policier fouineur, ni espion malicieux.

Alors tu penses à la cave, que tu avais négligée jusque-là. On y accède par une trappe et une échelle branlante. Tu y descends, animé d'un nouvel espoir. Tu dois, pour explorer l'espace restreint du caveau, avancer le dos courbé et tâtonner dans l'ombre, balayant ici quelques tablettes poussiéreuses, repoussant là quelques bouts de planches vermoulues. Et lorsqu'il t'apparaît clairement que tu erres dans tes recherches, tu renonces. Absolument. Et pour la première fois, tu hurles au secours à pleins poumons!

Le caveau humide ne rend pas d'écho. Tu es seul. Personne ne vient héroïquement, en dernier recours, à ta rescousse. Dépouillé de tout, tu n'as plus la force de crier dans le vide; tu te laisses plutôt choir sur la terre battue, mains devant, et tu te mets à creuser. Le sol cède avec une facilité étonnante sous tes doigts crispés. En peu de temps, tu as creusé un trou assez large et déjà profond: le début d'un tunnel, d'une possible issue... Puis subitement, tu t'arrêtes. Au fond du trou, tu touches un objet petit et dur. Tu le dégages prudemment, découvrant un cube blanc marqué de points noirs sur chaque face: un dé à jouer! Tu le soupèses, tu le scrutes; tu le fais bondir à quelques reprises dans ta main. Puis tu refermes tes doigts dessus, en serrant très fort, et tu le portes à ton cœur. Ton cœur saisi au même instant d'une crampe douloureuse, aiguë! Une motte de terre heurte ton épaule, une autre te tombe sur la tête. Tes genoux ploient, ton corps chavire...

Une pleine pelletée frappe le bois dur du cercueil avec un bruit mat, la terre ricoche sur les bords du trou. Le prêtre exécute un signe de croix tandis que toi, Marie-Ginette, les yeux rougis par la fatigue et le malheur, tu étires le cou pour mieux voir. Et comme tu jettes une dernière motte de terre sur le cercueil verni, tu le revois mourir, avec une netteté qui te fait mal. Tu revois son visage tendu, exprimant le désir d'une communication cruciale, communication qui ce matin-là n'a pas abouti. Tu revois ses yeux qui, malgré les spasmes de l'organisme et les paupières molles, voulaient parler, comprendre, fouiller, expliquer, vivre encore. Et malgré l'urgence du moment et l'incongruïté d'une telle question, tu as demandé:

— Que vois-tu?

Et bien sûr il n'a pas répondu. Il ne répondrait plus. Son cœur, sous l'arrêt de la seule syncope qui l'ait jamais frappé, a flanché. Il s'est éteint sur une pichenette du sort. Il est mort dans tes bras, comme dans les mélodrames, sans avoir pu dire ce qu'il avait vu: un miroir sans reflet, une chambre vide, un téléphone rouge et Moi, le dé à jouer.

Travail au noir

Comme d'habitude, le soleil hésite à se lever sur la ville basse. Avec peine, il se fraye un passage entre les baraques de briques et de planches, pénétrant dans les arrière-cours et les ruelles jonchées de détritus, poussant rats et hommes à sortir de leurs trous. Un rayon souffreteux atteint finalement ma fenêtre et se décide à entrer dans la minuscule cuisine où je bois héroïquement un succédané de café à l'orge, tout en feuilletant à la sauvette une plaquette à la couverture jaunie: les poèmes de Carl Geoffroy Denis, votre humble serviteur, poète disparu comme les autres dans les poubelles du temps. Sur la page de garde, une pensée édifiante: «Demain, j'emporterai mon coffre d'outils et je referai le monde.» Ce matin, tantôt, je partirai avec mon coffre d'outils, mais ne comptez pas sur moi pour refaire le monde. Celui que j'habite, décidément, ne se refait plus.

Le parcours qui me mène à la ville haute ne changera pas. Le coffre d'outils restera trop lourd pour mes épaules et je contournerai le centre pour éviter les pilleurs. J'arriverai en retard à la clôture, je crierai mon nom en montrant ma carte d'identité et des sentinelles impassibles contrôleront mon permis de travail. Ils me fouilleront, me questionneront, exigeront 36 papiers et me laisseront passer à contrecœur, même si le manège dure depuis une éternité. Pas une seule fois ils ne m'ont dit bonjour.

J'oubliais Gourd, que j'aurai sur les talons pendant le trajet. Je devrai supporter sa présence puante jusqu'à la frontière, et aux questions qu'il me posera, je répondrai invariablement: NON.

— Tu m'as trouvé un job de l'autre côté?

— Tu veux que je me charge de ta protection?

— Je demande 10 p. 100, pas un cent de plus. C'est d'accord?

— Comment, non? C'est très dangereux, Carl, de traverser soir et matin avec ton coffre à outils sur l'épaule. On pourrait te le voler... et alors, pfttt, plus de travail!

Gourd est une sorte de gnome agaçant, mais il fait partie du décor comme les truands détrousseurs de cadavres qui occupent ce quartier de la ville. Quartier fantôme, invisible, qui nourrit sa vermine et ses démons.

— Je suis ton ami, Carl, n'est-ce pas?

— Non.

Il ne me lâchera qu'à la clôture, en laissant planer sur notre prochaine rencontre de vagues menaces.

— Je t'aurai averti, Carl. Dix pour cent, penses-y bien. C'est une saprée aubaine.

L'aubaine, c'est de ne plus sentir son haleine épouvantable dans mon cou. C'est de quitter — rare privilège — la ville basse où tous les Gourd du monde croupissent et guettent leurs victimes comme autant de vautours affamés.

À chaque traversée, au moment de franchir le poste des sentinelles, je jure de ne plus revenir. Mais je reviens toujours, parce que.

☐

Ce n'est pas à moi d'expliquer pourquoi certains ne quittent jamais la ville basse alors que d'autres habitent en permanence les résidences cossues de la ville haute. Chacun là-dessus a une réponse toute prête, ou n'a pas de réponse à offrir.

Tantôt, lorsque je passerai chez Gustave Renaud-Bock, mon employeur au noir, il ne sera pas question de cette division. La ville haute ignore la ville basse, elle nie ses frontières autant que son abjecte pauvreté. Aux yeux des habitants, chacun est libre d'habiter où il veut, de travailler où il veut. Il est parfaitement inutile d'en discuter, surtout pas avec son patron.

Dès que j'entrerai dans son bureau encombré de c.v. et d'offres de service, Gustave Renaud-Bock me gratifiera de son sourire de technicien comptable, fiable, compétent, et inhumain. Il commencera par se plaindre des coupures, de la hausse du coût de la vie et des files d'attente qui ne manquent jamais de barrer le chemin jusqu'à sa porte. Il me fera savoir combien je suis chanceux de compter parmi ses amis et passera aussitôt à la liste de mes clients de la semaine. Il conclura ainsi, le doigt levé vers le plafond:

— Pas de bavures, n'est-ce pas?

Et il enchaînera sur une récente partie de pêche, sur son dernier score au golf ou sur ses projets de vacances. Il terminera sur un ton enjoué, pressé d'en finir avec moi pour retourner aux pages sportives de son journal.

— Bonne chance, Carl, et garde l'esprit positif!

☐

J'irai d'abord dans le quartier nord, chez une dame âgée souffrant de solitude chronique. Je frapperai à sa porte et elle mettra du temps à m'ouvrir. Elle déverrouillera, mais laissera la chaîne pour mieux m'examiner. Elle dira:

— C'est vous?

— C'est moi.

— Je croyais qu'ils enverraient quelqu'un de plus âgé...

— Ça ne fait rien, madame, je connais mon métier.

— Personne ne vous a vu?

— Personne.

— Bien, bien. Entrez.

Madame Escoulas — la première sur ma liste — adore les vieux meubles et le travail soigné, «fait main», comme elle se plaît à le souligner. «C'est si rare de nos jours, m'explique-t-elle avec un brin de nostalgie, il n'y a plus d'artisans.» Je la sens nerveuse, craintive, et je m'efforce de la mettre à l'aise en faisant des commentaires élogieux sur son appartement.

Celui-ci a quelque chose d'irréel tant il diffère de la norme. Il regorge de bibelots, de tableaux anciens, de meubles cirés et d'objets rares «faits main». Dieu sait où elle se procure toutes ces choses introuvables et hors de prix!

L'ordre ne règne pas chez elle. C'est impossible; il y a trop d'objets partout et madame Escoulas n'a visiblement plus la force de ranger ou de réarranger son intérieur. Aucun élément n'a de place définitive dans ce décor, tout est en équilibre, comme à la veille d'un déménagement. C'est un environnement que je trouve néanmoins confortable; je m'y sens chez moi, loin des soucis qui me tiraillent lors de ces trajets entre la ville basse et la ville haute.

— Je viens de recevoir un beau chiffonnier. Une merveille, mais...

Mais il y a un problème, un petit défaut qu'il me faut réparer. C'est souvent comme cela que ça se passe, avec un soupçon de rituel.

— J'ai ce qu'il faut.

Le chiffonnier est en effet une belle pièce. En bois de merisier, avec des motifs sculptés sur les battants. Un dessus de placage, protégé par une teinture acajou et orné d'incrustations en noyer. Une belle pièce, mais tout à fait démodée.

— C'est le tiroir, n'est-ce pas?

Il y a un jeu dans le support qui sert à le faire glisser. Une affaire de quelques minutes.

— Vous prendrez bien quelque chose?

— Volontiers.

Rituel, encore. Madame Escoulas est tout heureuse de me servir à manger. Du pain, quelques tranches de jambon, des œufs durs et du café. Elle rayonne maintenant de confiance et je crois qu'elle a un peu oublié le but de ma visite. Je mange de bon appétit et me réjouis de boire enfin du vrai café.

— Comment ça va chez vous? demande-t-elle pour commencer une conversation.

— Oh, ça ne change pas beaucoup, par chez nous. Le beau fixe, quoi.

— Bien, bien.

Heureusement, madame Escoulas n'est pas de celles qui sautent sur la première occasion pour vous raconter leur longue et triste vie. Elle ne parle que des objets dont elle s'entoure, plusieurs de ceux-ci ayant appartenu à son défunt mari. Tout en parlant, elle désigne tantôt une lampe, tantôt un tapis, tantôt une peinture, tantôt un bijou. Je finis par croire qu'elle me prend réellement pour un artisan venu chez elle pour tout remettre à neuf.

Pendant un instant, je l'imagine comme une mère et moi comme son fils. Un tel arrangement ne serait-il pas possible? Mais aussitôt la ville basse se dresse contre cette idée, les ruelles sales y font obstacle, et les visages grimaçants des sentinelles me dissuadent d'y penser.

C'est à ce prix qu'on paie le droit de passage pour la ville haute!

— Je dois travailler, maintenant.

— Bien, bien.

J'ouvre mon coffre, et madame Escoulas écarquille les yeux. De beaux outils neufs reposent au fond de la boîte au milieu d'une quantité de pièces d'urgence que j'emporte au cas où. Je déballe les serre-joints miniatures, la colle forte, le niveau, la petite scie avec marqueur, et je me mets au travail sur le chiffonnier. Elle m'observe religieusement, se taisant avec un respect mêlé de crainte. Je devine à son attitude qu'elle souhaiterait que je prenne mon temps.

Au bout d'une heure — j'ai pris mon temps — la réparation est effectuée et le chiffonnier a retrouvé son aplomb. Madame Escoulas s'exclame et me remercie en glissant dans ma main quelques dollars de pourboire. J'en suis gêné, mais je n'ose pas lui rendre cet argent, de peur de la mettre sur la défensive.

— Madame Escoulas, excusez-moi, mais il est temps.

— Déjà?

— Oui. Hélas, j'ai d'autres clients aujourd'hui.

— Je comprends.

L'inévitable silence tombe entre nous, et autant elle que moi cherchons les gestes justes.

— Ici?

— Non. Dans la chambre, ce serait préférable.

— Bien, bien.

Je m'en faisais pour rien tout à l'heure. La vieille dame a tout prévu, tout calculé. Le rituel...

Il y a des fleurs blanches près de son lit encadrant le portrait d'un homme jeune vêtu d'un costume sport. Son fils ou son mari? Cela n'a plus tellement d'importance. J'ai mis mes gants de caoutchouc, et j'ai sorti le cachet de poison de son enveloppe protectrice. Je le tiens au creux de ma main, ma main qui tremble un peu.

— C'est souffrant?

— Non. C'est extrêmement rapide. Mais il faut l'avaler d'un coup.

Je lui tends le verre d'eau et la pilule immédiatement, pour ne pas lui accorder le temps de réfléchir, mais je sais aussi que cette technique ne réussit pas toujours. De fait, elle ignore mon geste et me regarde droit dans les yeux.

— Qu'y a-t-il de l'autre côté?

Cette question! À chaque fois, c'est un coup de poignard qui transperce mon cerveau, et une chaleur anormale me brûle alors le front. La question me revient en écho, en boucle, sur des ondes ininterrompues à travers le temps. Je ferme les yeux et transmets la formule d'usage:

— Je ne sais pas, mais ne vous tracassez pas, le départ est sans douleur.

— Je n'ai pas peur, vous savez, j'ai eu le temps de me préparer. Mais tout de même, c'est difficile... c'est difficile de ne pas savoir.

Elle a pris le verre d'eau. Sa main tremble moins que la mienne, et son regard fixe me devient insupportable. C'est elle enfin qui force mes doigts à s'ouvrir et à rendre l'ultime médicament.

Je ne pleure jamais, mais je reste rarement pour l'acte final. J'aime à croire que c'est de la discrétion et non de la lâcheté, mais je ne jurerais de rien au moment de quitter les lieux.

□

Je me rendrai ensuite à proximité d'une cour d'école où j'observerai une petite fille jouer avec des enfants de son âge. J'observerai leurs mouvements gais, leurs bousculades, j'entendrai leurs cris, mais je ne penserai à rien. Bientôt, je ne serai plus seul comme spectateur, et la jeune mère dira:

— Vous faites pathétique comme croque-mort.

— Je ne suis pas croque-mort.

— Il n'y a pas de sot métier, vous savez.

— Ça me réconforte de le savoir.

Tout de suite, la contraction. La raideur. Le cynisme. Ce contrat s'annonce difficile.

— J'aime mieux que nous ne restions pas ici.

— Et elle?

— Elle viendra plus tard, avec la gardienne. Nous avons juste le temps.

Derrière les lunettes épaisses, sous la montagne de livres qui forme l'essentiel du décor, il y a une femme inscrite sur ma liste sous le nom de Murielle. Une femme que je pourrais aimer, peut-être. Mais je ne peux pas, parce que.

Les livres empilés divisent les pièces, modulent l'ambiance et donnent un air d'austérité à cette scène d'adieux. Il s'agit bien d'adieux, n'est-ce pas?

— On m'a dit qu'on m'enverrait un technicien, pas un prêcheur.

— Trop d'amour, ou trop de haine?

— Taisez-vous. Je ne tiens pas à éterniser la séance, c'est bien assez pénible comme ça.

Une cliente pressée, je n'aime pas ça. Celles-là veulent faire vite puis changent d'idée au dernier moment.

— Vous avez beaucoup étudié, à ce qu'il me semble.

— Ça ne vous regarde pas.

— Ne vous fâchez pas. Tous ces livres... ça m'impressionne.

— Pour votre information, j'en suis à mon deuxième doctorat. Le problème, c'est que j'ai oublié de quoi il est question.

La conversation ne va pas plus loin. Je souhaiterais qu'elle m'offre du café, mais je doute qu'elle en soit capable. Pour cacher sa nervosité, elle a pris une pose militaire à sa table d'étude. Moi, calé dans un fauteuil, je regarde l'éternité passer entre les rayons de livres.

— Pour être franc, je ne suis pas certain de pouvoir vous donner satisfaction.

— Le contrat est signé, vous n'avez pas le choix.

— Je peux refuser. Alors, ils envoient un autre technicien, mais ça peut prendre un mois, peut-être davantage.

— Pourquoi refuseriez-vous, vous êtes payé, non?

— En réalité, je fais mon purgatoire. On m'a promis en échange un job régulier dans la ville haute.

— Et c'est pour ça que vous tuez les gens?

— Je suicide, nuance.

Elle ne rit pas. Elle ne m'offre pas de café. Les verres de ses lunettes ont épaissi, je distingue mal l'éclat des yeux. Trop de haine?

— Il y a un père?

— J'ai déjà répondu à toutes ces questions.

— Bien sûr.

Maintenant, elle ne regarde plus que mon coffre, me signifiant par là que mes hésitations ont assez duré.

— Pourquoi voulez-vous mourir? Vous pouvez au moins me dire ça.

— Fatigue. Ça vous satisfait comme raison?

— Et l'enfant?

— Tout est arrangé.

— Pour elle ou pour vous?

— Taisez-vous.

Des voix montent alors de l'escalier. La voix d'une enfant qui rechigne à grimper les dernières marches, et la voix de la gardienne qui l'encourage à continuer.

Le visage de Murielle s'agite.

— Donnez-moi vite le poison, elle ne doit pas vous voir.

— C'est contraire aux règles. Je dois d'abord...

La sonnette de l'entrée retentit.

— Je m'en vais.

— Mais...

L'enfant appelle sa mère à travers la porte tandis qu'une clé joue dans la serrure. Je hausse les épaules.

— Vous pouvez déposer une plainte.

Les lunettes s'embuent. Il y a des larmes dans sa voix éteinte.

— Vous n'avez pas le droit... je le ferai quand même.

— Je...

Dès qu'elle met le pied dans le logement, la gardienne s'immobilise et m'examine froidement. Je force un sourire. L'enfant, effarouchée, court se réfugier près de sa mère.

— Tu veux que j'aille chercher quelqu'un, Murielle?

— Non. Ce n'est pas nécessaire. Il s'en va.

— Oui, je m'en vais.

— C'est qui, maman?

Je fais un vague signe de la main à l'enfant avant de sortir, comme un père honteux d'abandonner sa fille. La gardienne, le visage fermé, me regarde quitter la pièce à pas lents. J'entends Murielle pleurer et les monceaux de livres s'écrouler. J'entends un grand bruit, comme si le monde s'écroulait.

Trop d'amour ou trop de haine? Je devrai faire un rapport à Gustave Renaud-Bock, et lui redire pour la nième fois que je n'accepte pas les femmes avec enfants. Scrupule moral? Peut-être. Il y a des choses que même des poètes déchus ne peuvent pas faire. Ils enverront sans doute un musicien, un peintre, un écrivain, ou bien quelqu'un comme Gourd qui n'y verra que son profit.

Le jour décroît, tombe en poussière. Mon droit de séjour expire. Le coffre sur mon épaule est plus lourd. Le soleil a disparu, les rues de la ville haute s'emplissent de personnages à l'image de Gustave Renaud-Bock, fiers d'eux-mêmes dans leurs habits bien taillés, et qui rentrent chez eux l'esprit tranquille et le cœur vide. Il me faut désormais accélérer le pas.

Je repasserai la frontière imaginaire qui sépare la ville, les sentinelles vérifieront une fois de plus mes papiers et l'heure de sortie. Elles crieront:

— Passe!

Il ne me restera qu'à échapper à Gourd et à tous ceux qui rêvent d'arrêter l'ange de la mort, mais ce ne sera pas trop difficile d'échapper à la racaille. Je me fondrai dans l'obscurité et raserai les murs en suivant la piste des rats.

— Passe!

Je passerai, le brouillard crasseux de la ville basse m'enveloppera de son ombre protectrice, et une fois chez moi, une dernière sentinelle me donnera le sauf-conduit qui ouvre le monde du sommeil, d'où je viens.

Vertige chez les anges

Trace pointue à l'électro-encéphalogramme: mon cœur. Quelques vagues chiffrées que crache un moniteur de sa bouche en papier: des battements. Et la machine palpite en répétant: espoir... espoir... espoir...

Les tuniques blanches entretiennent cet espoir comme si c'était eux qui agonisaient. Elles s'activent autour de moi comme des abeilles en alerte, faisant en sorte que la mécanique fatiguée pompe à nouveau le sang. La chambre, encombrée d'objets futuristes, a des allures de cabine spatiale. Je suis entouré de boutons lumineux, de signaux électroniques, de boîtes noires enregistrant autant les murmures que les cris de l'organisme. Et au milieu de tous ces objets clairs et propres, j'ai l'air d'une anomalie. Je suis une anomalie; je vis, vivote, survis...

Je profite tant bien que mal du sursis que m'a accordé Alice aux merveilles. Il y a de cela un demi-siècle, elle m'a regardé droit dans les yeux et elle m'a dit: «Tu mourras un 2 janvier.» Puis Alice s'est elle-même éteinte sans un soupir, doucement, en serrant ses poings minuscules sur l'oreiller, forte de sa décision de s'endormir pour toujours.

J'aimerais mourir de si belle façon, mais hélas le 2 janvier est encore loin. Les injections de morphine et les massages cardiaques me retiennent encore dans cette chambre-frontière où le vrai sommeil est rare. Dès que j'ouvrirai l'œil, les tuniques blanches s'empresseront de mettre fin à ma lucidité et d'endormir ma conscience. Ma souffrance leur pèse, je les comprends.

Pour vaincre l'ennui, je m'efforce de voir de l'autre côté des choses. Je veux dire: voir l'éternité pour apprendre à la vivre. Mais les mots, ici, se heurtent à l'impossible. Tout ce qui vient à l'esprit ressemble à des bouts de film collés un peu n'importe comment. Les images se juxtaposent, s'enchevêtrent puis s'excluent mutuellement. Et lorsque enfin j'émerge du fatras, il ne m'en reste qu'un rébus incompréhensible tandis que les tuniques blanches lâchent leur cri de guerre:
— Morphine!

☐

Morceau d'esprit décollé de son enveloppe mortelle, je quitte la clinique des incurables par la sortie de secours. Mentalement, j'ouvre un sas marqué «réservé au personnel» et je me jette dans la chute à linge sale. Je tombe alors au fond d'une pupille géante et comme Alice — Alice aux merveilles — j'entre dans un trou à la suite du lapin à monocle. Celui-ci est pressé, il est en retard pour le thé chez les fous. Je cours derrière lui, je traverse toutes les mémoires jusqu'à une flaque d'eau: une larme d'Alice... À peine un étang, à peine un lac, mais peut-être le début d'un océan...

Devant moi, un carré de sable. Une baie illuminée de soleil. Un léger vent qui fait bruisser les palmiers. Quelques oiseaux tropicaux, aux couleurs chamarrées. Une tortue millénaire creusant des sillons sur la plage. Un paysage d'eau verte se déploie devant moi, paisible, reposant. Les pieds dans le sable, je fixe le large, puis cette eau limpide qui semble absorber les rayons du soleil.

J'avance dans l'eau à pas comptés. Plus j'avance, plus la marche est difficile. L'eau épaissit, se solidifie. Bientôt un mur de boue arrête ma progression. Le niveau monte et soudain j'ai peur de manquer de souffle. La boue arrive par vagues de plus en plus hautes, de plus en plus vigoureuses.

(Spasme. Les tuniques blanches n'en reviennent pas. J'ai fait sauter le téléscripteur, le monde entier s'anime et envoie des dépêches urgentes aux salles de presse. Les tuniques blanches s'affolent et déboulent jusqu'à moi. Triple dose de morphine. On remplace les tubes. On fait redémarrer le respirateur. Ça tictaque à nouveau. Une armée de secouristes fiévreux exécute en cadence les gestes nécessaires.)

Un homme blond à peau basanée me tire de la boue et me hisse dans sa chaloupe. Tandis qu'il sourit, je remue et me secoue comme un poisson au bout de l'hameçon. J'ai froid.

L'homme blond se tait. D'un geste, il m'indique le fond de la chaloupe où je peux m'étendre. Sa peau cuivrée brille au soleil, ses dents blanches brillent au soleil, tout en lui brille comme le métal nu à la lumière. Son sourire n'est ni moqueur ni gai. C'est un sourire de circonstance, accueillant mais inflexible, qui semble dire: «Tu ne t'échapperas plus, tout t'a été donné.»

Et à ce genre de sourire, on ne répond pas. On ne demande rien. Je savais depuis longtemps qu'il viendrait et je n'ai pas vraiment peur. Je grelotte, c'est tout.

L'eau vaseuse nous porte sans effort, le vent glisse sur la petite voile que l'homme a bricolée avec un bout d'étoffe. La chaloupe sort de la baie et gagne la haute mer, calmement, sans effort. L'homme se lève tout à coup et observe le ciel en se protégeant les yeux, comme en quête d'un présage.

— Quelle date sommes-nous?

Question idiote, me dis-je. D'ailleurs l'homme blond ne la relève pas. Le ciel se couvre peu à peu. Une pluie fine recouvre l'horizon. Du coup, ma poitrine se contracte, j'ai mal, et je désire de toutes mes forces revenir à la chambre.

— Ne m'amenez pas là-bas!

(Fièvre électronique. Les pulsations s'espacent avec des bip, bip peu convaincants. On va faire venir d'autres tuniques blanches, des étudiants en médecine et peut-être bien l'aumônier pour l'ultime confession. Il y aura aussi une préposée avec un cartable orange qui relèvera ma tête de sur l'oreiller en me demandant mon numéro d'assurance sociale.

— Êtes-vous catholique?

— Non, je suis mourant.

— Combien d'enfants à charge?

— Je n'ai qu'Alice, mais je l'ai perdue bien jeune. Elle a préféré s'enfuir en compagnie d'un lapin et du chat de Cheshire.

«Elle s'appelait Alice, un chat dormait sur ses genoux... L'heure a sonné, un curieux lapin en haut-de-forme s'est hâté vers le trou...»)

Là-bas, il y a une bande de terre arrachée aux griffes de l'océan. L'île des anges, l'île du sommeil où m'emmène mon propre ange gardien. Il est confiant, souriant, aimable. Trop.

— Nous devons partir, maintenant.

L'ange gardien m'aide à me relever, puis à faire quelques pas en direction de la villa.

— Je dois d'abord me changer.

— Dépêche-toi, ils viennent.

En effet, je les vois venir au loin. Ils sont deux. Ils marchent au même pas, comme des flâneurs amoureux. Mais j'ai le net sentiment qu'ils me sont hostiles, très hostiles. Et j'ai aussi la conviction qu'ils sont là pour me punir, car j'ai profané le Lieu.

J'essaie de me hâter, mais j'éprouve toutes sortes de difficultés à me dévêtir. Mes mouvements sont trop lents, mal coordonnés. Et puis les haillons que je porte sont collés à ma peau. Ils me sont devenus indissociables.

L'ange gardien, lui, demeure calme et étrangement patient. Silencieux, immobile, il ne fait rien pour m'aider tandis que les promeneurs passent près de nous. Les deux maraudeurs ne me jettent qu'un seul regard de biais, mais ce seul regard de haine suffit!

Les oreilles me bourdonnent. Mille voix souterraines émergent du sable et me saisissent à la gorge, au ventre, aux chevilles. Je me vois soudain accroché à un filet gigantesque qui balance dans le vide, avec des centaines de grimpeurs qui montent devant et derrière moi. C'est une clameur de panique qui monte en moi et qui fait osciller le filet, de même que l'échelle de corde à laquelle je m'agrippe désespérément. Des grappes humaines remuent sur cette échelle, en proie au vertige.

J'utilise ce qui me reste d'énergie pour me maintenir en équilibre, attendant que la marée roule et emporte le filet infernal. Tous cueillis d'un même mouvement sec, qui remballe, tire, et déverse dans les cales. Autant de corps frétillants, à jamais perdus, jetés sur les ponts visqueux du navire.

Une fois à terre, il me guide sur un sentier de cailloux, il me prend par l'épaule et me pousse doucement. Une autre question idiote me vient aux lèvres.

— Est-ce vrai que les anges n'ont pas de sexe?

Bien entendu, il ne répond pas. Il sourit, comme toujours, et je commence à le trouver franchement insipide. Il me pousse encore légèrement.

— Va, dit-il enfin, n'aie pas peur.

Et je descends avec appréhension le sentier étroit qui mène à une sorte de villa antique, toute blanche, qui domine la mer. C'est un bâtiment de pierre poreuse blanchi à la chaux, un bâtiment qui transpire le passé de façon redoutable. Des étages de pierres friables comme du sucre, avec des orifices noirs en guise de portes.

Alice, qu'est-ce que je fais ici? Est-ce toi qui as voulu ceci? Que dois-je chercher... dois-je te chercher?

Comme cet endroit est lugubre! Je n'ose traverser le seuil des portes noires, car je sais fort bien qu'on ne revient pas de cet hôtel. N'est-il pas habité par l'horrible reine de trèfle, celle-là même, Alice, qui t'a coupé la tête?

Je ne veux pas rester là, si près des cryptes. Je n'aime pas beaucoup les cimetières ni les soldats invisibles qui en guettent l'entrée.

J'aime mieux me tourner vers la plage, où il y a plus de lumière. Sur le sable, une tache sombre. Des vêtements. Tes vêtements, Alice. Ils sont maculés de sable humide et déchirés par endroits.

Je m'approche pour inspecter l'étoffe mouillée, pour y reconnaître, peut-être, ton odeur. Je déterre d'autres vêtements, mais ce ne sont plus les tiens. Un mouchoir rouge, une chemise indienne, des bas et des chaussures craquelées. En fouillant dans le sable, je trouve encore du papier, des lambeaux de livres, une pipe de plâtre, une pointe de flèche, des peaux de bêtes moisies. Puis des os, des os, rien que des os!

L'homme blond et souriant vient à ma rescousse. Il a des ailes sur le dos et une auréole brillante à la place du sexe.

— Dépêche-toi, me dit-il encore, en forçant mes doigts à lâcher les mailles du filet.

Tout cela avec le même sourire tandis que je hurle à pleins poumons!

(Zig-zag à l'électro-encéphalo.

Je saigne du nez. Mon cri les a glacés. Les tuniques blanches n'ont pas compris que je puisse crier sans mes poumons et mon cœur de plastique. Ils n'ont pas cru que je puisse crier d'effroi à la vue de l'au-delà.)

— Aide-moi.

Je n'arrive pas à me débarrasser de mes vêtements souillés. Ils ont séché sur moi, ils sont devenus des sangles de camisole, un corset de fer, une deuxième peau.

L'ange pose son bras sur le mien, il caresse mes cheveux avant de s'éloigner. Il dit: «C'est trop tard maintenant», et il s'envole dans les airs, comme un grand oiseau migrateur.

Les deux promeneurs se tournent alors vers moi et ils accordent leurs pas dans ma direction. Pris dans mon cocon de vêtements sales, je me roule en boule, j'essaie de fuir en pirouettant.

— Au secours, Alice, au secours!

Mais que peut une enfant contre les dragons des contes de fées? Elle me regarde avec des yeux rieurs et me montre la date sur le calendrier de la nouvelle année.

— Ne m'abandonne pas.

— Il est trop tard maintenant. Je t'aime...

J'enfouis ma tête dans le sable, mais les bourreaux

n'ont aucun mal à me ramener en pleine lumière. L'un des deux me brise les doigts pour m'obliger à lâcher prise. Le filet cède, les haillons se déchirent, l'espace se contracte. La vitesse aussitôt étourdit et annule ma mémoire.

Pourtant, oui, pourtant, il me vient des images. Des oiseaux à long bec qui foncent du ciel pour attraper le poisson. Et moi, agitant furieusement la queue, nageant vers la grève. Je nage longtemps, à bout de souffle, jusqu'à cette pointe de sable où Alice s'est échouée après avoir bu la potion magique. Et j'échoue là aussi, je rentre la tête dans ma carapace verte et bois l'eau salée, l'eau bénie des anges, en faisant entrer l'océan dans mon creux.

À nouveau, le filet. Je tombe, mais est-ce que je tombe? Le trou s'amenuise et il me semble, oui, il me semble entrevoir le sommet, à la manière d'un dôme coulissant qui s'ouvre lentement, lentement sur les étoiles. Pendant un bref instant, je redoute de rater la mince ouverture du dôme et de m'écraser sur l'une des parois. Un instant plus tard, je crois tout reconnaître: le lit d'hôpital, les machines, les tuniques blanches. Puis tout s'évanouit. On me prend par la tête et on me tire de là. Libéré, je respire. Je rends le premier souffle de vie. Je pleure.

Quelqu'un coupe le cordon.

Muses

PREMIER JUGE — Votre profession?
ORPHÉE — Poète.
LE GREFFIER — La fiche porte: écrivain.
ORPHÉE — C'est presque la même chose...
DEUXIÈME JUGE — Il n'y a pas de presque ici. Qu'ap-
pelez-vous poète?
ORPHÉE — Écrire sans être écrivain.

JEAN COCTEAU,
Orphée (au cinéma)

L'œuvre

Il habitait là, dans ce quatre pièces meublées où l'on entend pleurer une femme. Désormais, son absence pollue les lieux et pour Marjolaine qui pleure, c'est comme un poison à l'action lente et corrosive. Pour toute explication, il ne lui reste qu'une note hâtive écrite sur le coin d'une table; quelques mots d'un homme qu'elle a cru connaître. Les mots d'un étranger:

«Pardonne-moi. Je ne puis différer plus longtemps l'œuvre de ma vie.

Alain»

Et criant à l'imposture, à la trahison, à la lâcheté, elle déchire ce billet expéditif, dernier gage de cinq années de vie commune. L'œuvre de sa vie! C'est plutôt la sienne qu'elle déchiquette à l'instant: un bout de papier sans importance, un rebut.

Son amour, du coup, vire à la haine. Elle le tuerait!

☐

Il habite maintenant cette chambre pauvrement meublée. Il y a tenu six mois, six mois enfermé devant un stylo

et une page blanche pour rédiger l'œuvre de sa vie! Celle
qui avait germé en lui depuis l'adolescence en une suite de
rêves fantasques et de réalités cruelles, images mêlées de
tendresse et de folie, d'élans naïfs et d'amours blessés.
Une suite de cadavres, en fait, s'empilant les uns sur les
autres en strates compactes, rangés ainsi dans la mémoire,
mis en réserve pour plus tard...

Plus tard; maintenant. Une chambre sinistre, un esprit
tournant à vide. Combien il a lutté pour donner forme à
ses fantasmes et à ses souvenirs, combien il s'est acharné
à les dire!

Mais il n'a jamais franchi le seuil de l'intention. Les
appels du passé, enchevêtrés au présent, ont créé une
effroyable cacophonie, les uns émergeant pour évacuer
les autres, les pensées se disputant une place dans le projet grandiose. Et tout s'est engorgé dans le silence, entre
les murs d'un laboratoire vidé de l'expérience et de l'expé-
rimentateur.

Ce fut semblable à une amnésie. Tout ce qu'il avait
patiemment construit par anticipation s'écroulait face aux
faits bruts: il ne savait, il n'avait jamais su écrire!

Son œuvre? Un livre à un seul personnage: lui-même.
Il avait composé et recomposé son image. Il l'avait polie,
astiquée, il s'était inventé des malheurs et des bonheurs
sortis tout droit de l'adolescence. Des histoires d'amour et
de haine, des aventures avortées ou projetées dans un
lointain futur. Oui, il s'était vu tantôt comme ci, tantôt
comme ça, pour à la fin de tous ces contes prendre le
crayon et consigner fidèlement sa «vaste» connaissance
de l'humain.

Toutes ces années, il avait entretenu la flamme, épais-
sissant à mesure la trame de sa vie racontée. Chaque
détail, chaque nouveau visage, chaque événement était
versé à l'impressionnante compilation, grossissant le
nombre des pages de l'œuvre à venir.

Tout ce temps, il s'était contenu, s'obligeant à retenir cette masse précieuse de renseignements qui dormait en lui, prête à déferler au signal du prestidigitateur. Pourquoi aurait-il trop tôt entamé ce trésor? Il l'aurait gaspillé à des essais maladroits et sans véritable portée. Il avait préféré laisser fermenter le vin prometteur; le jour viendrait où il en tirerait toute la quintessence.

Ce jour vint. Non pas soudainement, mais par un long processus intérieur fait de tensions, de frustrations, de dérapages. Le quotidien s'alourdissait. Il en oubliait Marjolaine, son travail à l'hôpital, ses nombreuses obligations. Il y eut des temps morts, des moments d'un ennui extrême, des temps d'absence où toute son attention était braquée sur un ailleurs flou et mystérieux.

Bientôt, il sut à quoi s'en tenir. La vague de fond poussait à la surface. Le projet longtemps différé s'imposa à lui telle une urgence. L'œuvre, déjà, se profilait, l'aguichant, l'aiguillonnant...

Il ne put y résister. Il brisa sa coquille d'un élan brutal et sans compromis. Il partit, un sac sous le bras, abandonnant derrière lui ce qui lui semblait dorénavant un univers d'apparences, sans vraie réalité, sans vraie profondeur. Les liens qui l'avaient attaché à cette routine n'étaient-ils pas des entraves à l'expression de sa vérité?

Il l'avait chérie si longtemps, cette vérité. Plus longtemps que Marjolaine, plus longtemps que ses meilleurs amis, plus longtemps que sa famille... Car n'était-il pas né dans le seul but d'accomplir L'ŒUVRE?

Avec ses économies, il loua cette chambre bon marché en payant six mois d'avance. Il s'acheta un beau gros cahier neuf et tout un éventail de stylos. Son attirail étalé sur la table, bien en vue, il entreprit de faire les cent pas et de réfléchir. Il se donna une semaine pour organiser son plan — en aucun cas, il ne voulait improviser. Dès lors, il suffisait d'agencer tel ou tel élément et de recenser méthodiquement la matière à ciseler.

Les jours se succédèrent dans une ambiance de fébrilité et d'intense réflexion. À plusieurs reprises, il prit la plume pour la reposer aussitôt. Il n'était pas prêt. Il fallait mûrir encore, enrichir l'idée.

Or cette idée ne faisait que s'embrouiller ou se disloquer. Les mots affluaient en désordre, sans forme, sans syntaxe. Des paroles échappées de dialogues interrompus. Des récits bourrés d'hiatus et de ratures. Des épisodes incohérents, de pauvres métaphores. Des images usées à la corde, des redondances idiotes.

Comme sur un piano désaccordé, la symphonie grinçait, les notes se bousculant et s'annulant entre elles. La pièce sublime n'était pas jouée. Le virtuose n'apparaissait pas sur la scène et le public mécontent se mettait à huer.

Huer. Huer. Les oreilles lui bourdonnaient. Des mois durant, il les avait entendus hurler du néant de la page blanche. Des hordes de personnages furieux et hagards, des masses de gens réclamant d'être remboursés. Et Alain, affolé, sur le point d'être emporté par la clameur, quitta précipitamment la chambre aux tortures.

☐

Ce jour-là, elle l'a reçu froidement sur le pas de sa porte. Il avait les yeux renfoncés dans les orbites, il grelottait, balbutiait. Il proférait d'une voix inaudible de vagues excuses, espérant être invité à rentrer, à revenir...

Mais Marjolaine ne souhaitait pas revivre avec cet

étranger qui l'avait dépossédée. Celui qui, d'une chique-
naude, l'avait rabaissée à un rôle de figurante. Elle lui dit
que ses affaires avaient été expédiées chez ses parents et
qu'il n'avait qu'à aller les récupérer. Elle ne voulait plus le
revoir; qu'il aille quêter ailleurs son pardon! Et elle lui
referma la porte au nez.

Il n'est pas retourné chez ses parents. Personne ne
sait au juste ce qu'il est devenu. On l'a vu sur la rue, arrê-
tant des passants pour leur demander de la petite monnaie. On l'a vu en compagnie d'ivrognes faisant la tournée
des poubelles ou flânant aux sorties du métro. D'autres
encore affirment l'avoir vu en tenue d'infirmier, travaillant
dans un autre hôpital. Certains croient l'avoir aperçu dans
un couloir, à l'université. Qui croire?
Probablement n'a-t-il plus tenté d'écrire l'œuvre de sa
vie. Mais on ne peut jurer de rien.

Retraite anticipée

Madame Louise Laramée,
Superviseur-chef, Direction générale,
Bureau national du Travail et de la Main-d'œuvre

Madame,

Voici, tel que convenu, le rapport circonstancié de mon enquête suivant le recours en appel de M. Alex Filteau pour obtenir une exemption de travail obligatoire, durant la période comprise entre sa trentième et sa cinquantième année, ci-nommée «période productive». Le sujet argue que ses activités «parallèles» (le qualificatif est de lui) l'empêchent d'occuper les fonctions exigées de lui par la loi.

J'ai tenté dans mon rapport de suivre l'ordre chronologique de mes rencontres avec le sujet et de ne négliger aucun détail de sa requête, c'est pourquoi j'ai inséré dans le texte plusieurs de ses interventions verbales et écrites.

PREMIÈRE SEMAINE
Lundi

Après avoir reçu en bonne et due forme l'avis de conscription délivré à son domicile, le dénommé Alex Filteau s'est présenté à mon bureau plutôt qu'à son lieu de travail désigné en vue d'entamer les procédures d'appel pour révision de son dossier. Je l'ai longuement interrogé lors de cette première entrevue afin d'éclaircir les motifs d'une telle requête qui ne vaut, ai-je besoin de le rappeler, que pour des cas très exceptionnels. Voici ce qui est ressorti de l'interrogatoire préliminaire.

À la question de savoir si des raisons de santé le rendaient inapte au travail, il a répondu non, pour ajouter ensuite qu'il en allait cependant de sa santé mentale. Conformément au règlement, je lui ai demandé s'il était suivi par un spécialiste et s'il pouvait produire un certificat dûment authentifié à cet effet. Le sujet s'est immédiatement emporté en criant qu'il n'était pas fou, mais que si on continuait à exercer des pressions sur lui, il ne se considérerait plus responsable de ses actes. Quel type de pressions avait-il subi? Alex Filteau s'est montré incapable de fournir ni détails, ni preuves matérielles pour appuyer ses allégations.

Je lui ai alors expliqué que je ne voyais pas de raisons suffisantes pour l'exempter du travail selon les éléments de son dossier, à moins d'une raison de famille dont il n'aurait pas parlé. Le sujet a répliqué: «Et que va devenir mon travail, à moi?»

Quel travail? ai-je demandé.

«Mes projets...» a-t-il dit avant de s'interrompre abruptement. Je l'ai pressé de questions, mais il a prétendu qu'un fonctionnaire ne pouvait pas comprendre ce genre de chose.

J'avoue avoir été décontenancé sur le coup. J'ai donc

feuilleté le dossier de monsieur Filteau plus attentivement et j'ai relevé en effet un passage où il est fait mention des activités culturelles de ce dernier, jugées marginales et peu productives.

Pouvait-il faire état d'un statut d'artiste professionnel en règle? Le sujet a réagi violemment à cette question, comme s'il l'appréhendait depuis le début de notre entretien.

«Je n'ai pas de carte, si c'est ce que vous voulez dire, et je ne fais partie d'aucune corporation établie», a-t-il proféré avec un mépris manifeste à mon endroit. Je n'ai pas relevé la provocation et je lui ai calmement fait savoir qu'en conséquence, je ne pouvais donner suite à sa requête en appel. Je lui ai suggéré de prendre le reste de la journée pour bien réfléchir, faisant valoir qu'il n'était pas le premier à passer par là et que, tout compte fait, la période de conscription à l'emploi pour un travailleur non spécialisé ne durait que 20 ans. Il aurait tout le temps voulu, après 50 ans, pour reprendre ses activités artistiques.

Il a paru se calmer, mais je l'ai entendu murmurer «20 ans...» dans un long soupir en sortant de mon bureau.

Mardi

Dans la matinée, une plainte est arrivée via terminal en provenance de chez l'employeur d'Alex Filteau. Celui-ci ne s'était pas présenté au travail et l'employeur demandait qu'on lui envoie d'urgence un autre conseil. J'ai répondu par la même voie que ce n'était pas possible et qu'il lui fallait patienter un peu, le temps qu'on retrouve et raisonne le sujet récalcitrant.

Comme vous savez, la pénurie actuelle de main-d'œuvre affectée aux tâches secondaires m'empêchait de passer outre aux agissements d'Alex Filteau.

Les recherches ce jour-là ne donnèrent aucun résultat.

Mercredi

Les recherches sont demeurées vaines. Une visite à son domicile a permis de confirmer auprès de ses colocataires qu'Alex Filteau avait disparu depuis la journée de notre rencontre. Les colocataires, tous assez jeunes, ont témoigné beaucoup d'hostilité envers les huissiers dépêchés sur les lieux. Des vérifications ultérieures ont montré qu'il s'agissait pour la plupart d'objecteurs au travail, comme hélas il s'en trouve beaucoup aujourd'hui.

L'employeur a fait parvenir au bureau central un télex dans lequel il nous a servi un ultimatum accompagné des commentaires habituels sur l'inefficacité des services gouvernementaux. Il disait appuyer les démarches de l'industrie pour que les pouvoirs du Bureau du travail soient transférés au secteur privé. Nous n'avons pas répondu à ces menaces puériles.

Jeudi

J'ai reçu une lettre manuscrite du sujet Alex Filteau, dans laquelle il dit ceci:

«Monsieur,

J'ai pu constater que vous étiez à mes trousses, mais cela ne servira à rien. Quoi que vous fassiez, je n'irai pas gaspiller les 20 prochaines années de ma vie à faire un travail qui ne m'intéresse pas. Je sais fort bien que je vais me retrouver à l'entretien des ordinateurs ou concierge, car c'est le lot des travailleurs sans qualification comme moi, n'est-ce pas? Cette perspective ne me sourit pas du tout. Personne ne peut m'obliger à le faire, par même le président qui a promis de tous nous mettre au pas. L'État peut me couper les vivres, je trouverai bien un moyen de vous échapper. Pour moi, il n'y a que la liberté et l'art qui comptent, est-ce si difficile à comprendre?

Ne me cherchez plus, c'est inutile. Vous pouvez dès maintenant vous trouver un autre numéro.»

Bien entendu, la lettre n'indiquait aucune adresse de retour.

Vendredi

Alex Filteau est finalement rentré à son domicile où nos huissiers l'ont rejoint. Ils l'ont sommé, sans brutalité, de se rendre au Bureau central du travail où sa requête d'exemption, dirent-ils, avait été réexaminée.

J'ai donc accueilli monsieur Filteau à mon bureau pour une deuxième entrevue, entrevue qui m'a paru plus fructueuse que la précédente. Mon expérience dans des cas semblables m'a appris à agir avec circonspection et courtoisie plutôt que de recourir tout de suite à la manière forte.

Je l'ai d'abord avisé que ses prestations de revenu garanti ne lui seraient pas coupées tant qu'il coopérerait avec nous durant les procédures d'appel que nous acceptions, exceptionnellement, de reconsidérer.

Cependant, je n'ai pas manqué de souligner le côté puéril de son comportement. Comment pouvait-il, lui, un homme de 30 ans, croire que le travail allait lui dérober tout l'espace de sa liberté et de son amour pour l'art! Nous n'exigions de lui, somme toute, qu'un nombre limité d'heures-emploi. Personne ne songeait à lui donner une fonction de concierge. En réalité — et Alex Filteau ne pouvait le nier — il avait été affecté à la surveillance de machines-robots sous l'autorité d'un spécialiste compétent, un poste que d'aucuns envieraient!

Mes propos, je crois, ont eu un effet positif sur lui. Il a admis s'être comporté comme un adolescent en fugue, mais il se disait par contre tiraillé à l'idée d'occuper un emploi à plein temps.

«Vous comprenez, a-t-il précisé, il s'agit pour moi de préserver un espace mental fragile, qui peut éclater à tout moment.»

Vous pensez bien qu'une telle explication ne m'a pas tellement impressionné, mais j'ai essayé de ne pas me montrer trop rude. Je me suis contenté de lui servir quelques chiffres sur la situation culturelle au pays.

Ils étaient des milliers de sans-travail, jeunes et âgés, à s'improviser travailleurs culturels. La masse de productions artistiques de toutes sortes, de facture artisanale ou professionnelle, s'avérait phénoménale. Le nombre d'artistes plus ou moins déclarés atteignait des proportions effarantes, ceux-ci tentant simultanément de percer un marché virtuellement inexistant. La culture officielle était diffusée largement par l'entremise des multiples réseaux de télécommunication qui étaient tous aujourd'hui saturés. Le reste allait à l'avenant, c'est-à-dire nulle part.

Ce n'était pas exagéré, mais j'ai eu peur d'y être allé un peu fort avec Alex Filteau qui paraissait très attaché à ses idées. Il n'a d'ailleurs pas semblé ébranlé par mon argumentation. Il s'est dit conscient des faits que je venais d'exposer, mais c'était pour lui une raison supplémentaire de persévérer afin, dit-il, «de briser les barrières de notre monde bloqué».

Dès ce moment, je n'ai pas voulu poursuivre la discussion et je lui ai signifié, selon le code en vigueur, qu'il aurait à défendre son point de vue devant le Tribunal du travail et qu'il avait jusqu'au lundi suivant pour décider s'il maintenait ou non sa requête en appel.

Lorsque je l'ai vu sortir profondément absorbé par ses pensées, j'ai cru un peu témérairement que l'affaire était close.

DEUXIÈME SEMAINE
Lundi

Alex Filteau a maintenu sa décision. J'ai envoyé dere-chef un nouveau candidat à l'employeur mentionné précé-demment et j'ai avisé les autorités, par voie habituelle, de la tenue prochaine d'une audience au Tribunal. J'ai joint à l'avis un bref mémo résumant le cas, avec en tête la men-tion suivante: «Objecteur au travail, pour raisons artisti-ques.» De même, j'ai averti Alex Filteau qu'il devait prépa-rer un document faisant état des motifs qui justifieraient une exemption de travail productif.

Le document, présenté aux audiences du Tribunal du travail, est joint ci-après.

Mémoire présenté par Alex Filteau aux instances du Tribunal du travail, copie no 123-A-14578, Bureau national du Travail et de la Main-d'œuvre

Mesdames, mesdemoiselles, messieurs,
Je sais que la majorité d'entre vous ne jugez pas ma demande sérieuse, ni même recevable. Pour-tant, chacun d'entre vous songe déjà au moment de la retraite, quand vous pourrez retourner à vos rêves et à votre folie tranquille, loin des plates exi-gences de la réalité. Ainsi, en venant me défendre personnellement, je défends le rêve, au nom de vous tous.

Je ne puis accepter une loi qui condamne ce rêve prématurément et qui nous oblige, entre 30 et 50 ans, à le marchander. En conséquence, je rejette toute forme de conscription à l'emploi pouvant entraver ce rêve et cette liberté, qui sont ma vie.

C'est un objectif déraisonnable, j'en conviens, mais c'est le mien. Je crains à l'avance que vous ne le jugiez par envie et non à sa véritable valeur. Pour ma part, je persiste à croire que je travaille pour une cause collective, dont tous, vous y compris, profiteront.

Vous dites que la société a déjà suffisamment d'artistes et de sans-travail. Je dis, moi, qu'il en faudra davantage pour que vous cessiez de vous accrocher à l'idée de travail esclave. Vous dites que le travail est valorisant et que tous ne partagent pas mon goût pour la facilité et l'oisiveté. Soit, vous pouvez penser que je cherche un prétexte pour me la couler douce. Alors, répondez-moi, vous qui vantez sans cesse les progrès technologiques, pourquoi ces progrès ne nous libèrent-ils pas de l'obsession du gagne-pain?

Je ne veux pas faire un long discours. Comme je l'ai dit, j'ai choisi d'incarner un rêve et je veux y parvenir par un travail qui m'appartienne en propre et non par celui que vous m'imposez. Je ne peux fournir d'autres preuves de cette conviction, si ce n'est par ma seule présence ici, en tant que requérant d'une retraite anticipée.

TROISIÈME SEMAINE
Jeudi

Alex Filteau a lu avec ferveur son texte devant le Tribunal, que la conclusion a fait sourire. Le président des audiences a ensuite complimenté le requérant pour ses talents oratoires puis, en se tournant vers ses collègues du Bureau du Travail, il a ouvert la période des questions. En voici un bref compte rendu:

Question — Monsieur Filteau, avez-vous idée de ce qui arriverait si nous adoptions tous votre philosophie?

Réponse — Nous serions tous plus sains d'esprit.

(Toussotement du président.)

Question — Croyez-vous vraiment que le progrès puisse se passer des ressources humaines?

Réponse — Je crois au progrès des ressources humaines, en les libérant du travail obligatoire.

(Grognement du président.)

Question — Et comment réagiraient les pays moins fortunés que le nôtre?

Réponse — Je ne sais pas, comment réagissent-ils aujourd'hui?

Le président — Monsieur Filteau, veuillez répondre aux questions de façon plus précise.

Question — Et comment comptez-vous propager le «rêve» chez nos compétiteurs?

Réponse — De la même manière qu'ils nous vendent le leur, en l'exportant.

(Rires discrets des membres du Tribunal, froncement de sourcil du président.)

Question — Et qui s'occupera des services essentiels?

Réponse — Ceux qui voudront. Ou à tour de rôle...

Le président — Ne trouvez-vous pas que cela ressemble à la formule que nous avons mise en place? À tour de rôle, pour 20 ans seulement?

Réponse — Vous faites de la conscription, ce n'est pas pareil, et de plus il y a discrimination dans les emplois.

Question — Qu'y a-t-il de si terrible à cela, si c'est pour le mieux-être de tous?

Réponse — Il ne peut pas y avoir de mieux-être collectif sans bonheur individuel.

Le président — C'est votre opinion. En somme, vous voulez l'anarchie?

(Silence gêné d'Alex Filteau, ajournement temporaire de l'audience.)

Commentaire

La suite des audiences n'a pas éclairé davantage la psychologie du sujet qui s'est enfermé jusqu'à la fin dans le même raisonnement absurde. Certes, les idées de monsieur Filteau ont du charme, mais les membres du Tribunal, dont moi-même, n'ont pu les entériner pour des raisons évidentes de sécurité nationale. Il s'ensuit que la requête en appel a été rejetée et le sujet fermement invité à se rendre au travail le lundi suivant. Le dossier, augmenté des délibérations des membres du Tribunal, m'a été retourné comme il se doit. J'ai personnellement avisé Alex Filteau de la décision finale et irrévocable du Bureau du

Travail. Celui-ci a très mal pris la chose et a lancé une suite d'invectives à l'endroit du Tribunal et à mon endroit. Il a crié: «Vous ne m'aurez pas. Jamais. Jamais!»

Je n'ai plus eu de ses nouvelles jusqu'au lundi, quand j'ai pris connaissance des détails entourant sa tentative de suicide.

Ses colocataires l'ont trouvé dans la baignoire, les poignets tailladés au couteau. Les blessures étaient superficielles et ses amis, par leur célérité, ont pu le sauver. Une jeune femme objecteur au travail, âgée de 25 ans et amie intime d'Alex, a pris des photos à cette occasion et les a expédiées aux médias avec un texte relatant les circonstances de notre enquête. Fort heureusement, les directions de l'information ont communiqué avec nous avant de diffuser la nouvelle. Ainsi, nous avons pu rectifier plusieurs exagérations et faussetés. L'information retransmise, malgré quelques blâmes pour nos services, est restée neutre et objective.

Par ailleurs, j'ai pris l'initiative d'aller visiter Alex à l'hôpital. Je lui ai fait part de nos regrets en lui souhaitant un prompt rétablissement. Il se trouvait dans un état de somnolence qui ne lui permettait pas de parler, aussi ne suis-je resté à son chevet que quelques instants.

QUATRIÈME SEMAINE
Jeudi

Aujourd'hui, l'affaire Filleau a été classée définitivement, mais je crains que ce malheureux personnage fasse encore parler de lui. Sa demande d'exemption de l'emploi a été acceptée considérant la gravité des «troubles psychiques» dont souffre le sujet. Il semble cependant que celui-ci ait décidé d'exploiter ce verdict contre nous, en publicisant sa victoire et en incitant d'autres conscrits à refuser,

voire à quitter leurs emplois. La situation m'apparaît suffisamment alarmante pour que des mesures soient prises
dans les meilleurs délais.

Voici donc quelques suggestions visant à enrayer ce
qui pourrait devenir un mouvement organisé de révolte et
d'incitation à la désobéissance civile.

1) Offrir une prime additionnelle en argent comptant aux
nouveaux conscrits entrant sur le marché du travail.

2) Favoriser des pré-retraites chez les employés gouvernementaux à compter de 45 ans.

3) Intensifier les programmes de productivité dans les
écoles et les entreprises.

4) Faciliter l'intégration des jeunes au travail par des
cours de formation et un programme d'accueil d'une durée
d'un an, ceci avant la date de conscription.

5) Organiser une campagne de sensibilisation et d'information sur les bienfaits du travail et sur les nouvelles
mesures mentionnées plus haut.

Enfin, à la lumière des récents événements, je me
demande s'il ne faudrait pas rouvrir le dossier et réétudier
le cas Filteau. Des pressions d'ordre administratif et éco-
nomique pourraient être envisagées. Je réserve pour l'instant mon jugement sur la marche à suivre, mais soyez
assurée en tout temps, madame la superviseur-chef, de
mon entière collaboration.

Le soussigné,

Jérémie Burns,
Inspecteur-greffier

La lettre

L a multitude d'ébauches qui encombrent l'atelier ne lui
sont d'aucun secours. Encore aujourd'hui, il manquera
à son devoir d'ami et n'écrira aucune lettre. Aucun des
projets amassés là, pêle-mêle, dans le désordre des feuillets tachés d'encre, de colle et de peinture, ne prendra une
forme achevée et expédiable par le prochain courrier.
Portions de calendrier, dessins griffonnés à la hâte, car-
tons d'allumettes exotiques, photographies retouchées,
photocopies en tout genre, objets bizarroïdes, déchets
intéressants, découpages, coupures de journaux ou de
magazines, cartes faites à la main par «l'artiste», textes
manuscrits, dactylographiés en une ou plusieurs copies,
poèmes, chansons, portées musicales, extraits, citations,
références de volumes, billets de cinéma inutilisables,
brochures passées date, annonces pour des événements
sans actualité, plans de voyages anticipés ou de constructions à venir, pas un de ces éléments disparates ne trouvera le chemin de l'enveloppe. Ni adresse, ni timbre. Pas
de fioritures au coin de la lettre, pas d'indications de
retour, pas de noms tronqués, transformés ou simplement
inventés pour désigner l'éventuel destinataire. Non, Bruno
n'a pas écrit et n'écrira pas.

Il n'est pourtant ni handicapé, ni malade, ni près de
mourir. Il n'a en fait aucune excuse valable à offrir à tous
ces gens qui lui écrivent dans l'espoir de recevoir à leur
tour de ces magnifiques lettres qui faisaient autrefois sa

réputation. Supplications, implorations, menaces, rien n'y a fait. Bruno est demeuré muet, immuable, clos, sourd aux innombrables appels du dehors l'exhortant à se remettre au métier. Il faut dire que ces appels se font maintenant plus rares, vu l'absence de communication et compte tenu des limites de la patience. Le silence de Bruno dure depuis des mois et peu d'amitiés résistent aussi longtemps à la distance et au vide.

Bruno vit retiré à la campagne, non pas en ermite, mais tout de même en marge, légèrement décalé de l'actualité et de tout ce qui fait courir les autres. Peut-être est-ce là l'origine de sa fatigue; le peu de sens qu'il y a à écrire à des gens n'ayant qu'une mince idée de sa vie et de son état, qui s'en préoccupent de façon ou trop distraite, ou trop négligente.

Je veux bien admettre l'hypothèse. Bruno, frustré de la piètre qualité de ses relations avec l'humanité, décide de couper court, referme la porte et se replie sur lui-même au milieu d'œuvres inachevées, renonçant du même coup et à jamais à l'acte épistolier. Hélas, l'image ne correspond pas à la réalité. Bien que campagnard à plein temps, Bruno a une vie modérément active, voit du monde, entretient même quelques amitiés en ville où il se rend à toutes les semaines. Sa schizophrénie se compare avantageusement avec celle du commun. On ne lui connaît pas d'attitudes ouvertement asociales bien qu'il soit un individu têtu et parfois excentrique. Non, s'il n'écrit pas, il faut en chercher ailleurs les raisons.

Excuse classique: le manque de temps. Bruno pourrait en effet invoquer l'accélération qui augmente avec l'âge et qui laisse de moins en moins de temps pour exercer une activité aussi futile que manifester aux autres sa présence avec un crayon et du papier. En d'autres mots, il aura pris un coup de vieux, les responsabilités se seront mises à pleuvoir sur lui et, amer, il aura balayé de la main les frivolités de sa jeunesse, dont celle d'entretenir sans relâche (et sans raisons) des liens ténus avec d'obscurs correspondants. Appelé impérieusement par les nécessités du présent, il aura chassé le passé de son esprit et avec lui, les visages lointains de ceux qui en attendent encore, par la poste, les signes dérisoires et nostalgiques.

Autre hypothèse: le manque d'entrain, l'épuisement des facultés nécessaires à la communication. Perte d'appétit pour les autres. Indifférence due à l'éloignement, au vieillissement, au changement technologique. Nivellement du goût, pointe d'ennui, rupture pour cause d'avenir ou de non-avenir. Le tout entraînant un mol abandon à la maturité, maturité qui sait se passer des liens superflus et qui les rompt sans autre avis.

Enfin, on peut se demander si le coût élevé des frais postaux n'aurait pas conduit Bruno à une économie excessive, au point d'amortir chez lui jusqu'au désir d'expression.

Et si, plus simplement, il n'avait plus rien à dire?

L'argument est lourd, discutable. Un individu, même âgé, même accaparé par le souci de productivité, demeure susceptible de communiquer à autrui sa foi, son angoisse, son trouble; l'étendue ou les limites de son âme, à la rigueur son absence d'âme; les emballements ou les revers de son cœur, ses menus faits et gestes, ses rêves, les dures réalités faisant obstacle, ses projets insolites, secrets, ou inavouables. Fort ou faible, l'humain reste tributaire de la parole, du mot, de la lettre. Ne plus la partager (et qui plus est, ne plus la poster) tient de la provocation, du signal d'alarme, voire du mépris pour le contact humain. L'enveloppe vide, la boîte aux lettres vide, la vacance du signe annonce en soi le néant, le renoncement à la vie, la mort.

Tout ceci ne saurait s'appliquer à une intelligence aussi vive et aussi optimiste que celle de Bruno.

Il faudrait aussi examiner l'affaire comme un fait de société. Qui écrit à qui aujourd'hui, si ce n'est par politesse ou besoin? Qui, à l'ère électronique, se soucie encore de prendre la plume et le papier à des fins personnelles, sensibles, et totalement irrationnelles? Qui peut encore éprouver l'envie de réveiller la solitude de l'autre alors que chacun la défend farouchement, silences et mesquineries à l'appui?

Bruno n'est pas plus fou (ni plus fin) qu'un autre. L'art épistolier est tombé irrémédiablement en désuétude: il faut désormais se munir d'un terminal, d'un modem, que sais-je encore. À la limite, ne vaut-il pas mieux téléphoner, malgré toute l'agressivité cachée que cela suppose? Écrire une lettre, c'est souvent faire un cadeau immérité à quelqu'un qui est incapable d'en apprécier la grandeur et la beauté. Alors pourquoi déchoir soi-même et s'abaisser à «communiquer» par les voies douces? L'époque est à la violence, au repli, à la négation. Bruno n'échappe pas aux pressions subtiles de l'environnement qui tôt ou tard éliminent à la source toute volonté de s'exprimer amicalement, fût-ce par l'envoi de documents confidentiels et, par le fait même, compromettants.

J'irai plus loin. Une question de pudeur entre en jeu. En quelles mains tombera cette lettre expédiée avec amour et délicatesse? Qui, demain, s'en emparera, la lira, la versera peut-être à des correspondances posthumes pour diffusion à des lecteurs aussi indignes qu'inconnus? Qu'est-ce qui empêche l'observateur impartial de juger sévèrement ces gens qui s'adonnent naïvement à l'écriture de lettres prétendant à la poésie ou à l'humour? L'envoi d'une lettre présente en effet bien des dangers, car on ne soupçonne jamais assez les intentions des destinateurs et des destinataires.

L'atelier de Bruno est une preuve flagrante du laisser-aller qui menace nos précieux envois. Ceux-ci, jetés au hasard dans la pièce, sans distinction d'auteur, se mêlent aux comptes, aux brouillons, aux esquisses; ils subissent maints mauvais traitements au milieu des taches de café et de vin, de la poussière et de la graisse. Ils sont souvent froissés, ou déchirés. Pire: on les égare. Perdus à jamais pour la postérité, ces bijoux en prose ou en vers, ces traits de génie adressés en toute confiance et en toute intimité! À la seule pensée du sort qui est réservé à ses œuvres, l'épistolier frémit.

Bruno aura réfléchi à tout cela, aura pesé le pour et le contre, aura supputé ses chances, calculé ses pertes; il aura dressé une liste des nombreux sévices que supporte la chose écrite, même protégée par la mince et précaire enveloppe. Il aura passé en revue ses correspondants actuels, les aura jugés sans complaisance; il aura, pièce par pièce, démonté le réseau, scruté les visages, fouillé les âmes. Il aura même imaginé des lettres à leur faire parvenir, il leur aura écrit mentalement, mot à mot, paragraphe par paragraphe. Il se sera rendu compte de la répétition, de la mélasse où s'enlisent les mots, de l'inévitable malentendu qui surgit toujours au milieu d'eux. Il aura entrevu des lettres plus belles, plus parfaites, composées de caractères nets établis avec discernement et économie. Il aura ainsi épargné beaucoup, en salive autant qu'en nombre de timbres, en réduisant les épanchements habituels à de grossières monosyllabes, vindicatives certes, mais combien efficaces! Il aura résolu bien des hésitations avec des points de suspension et bien des doutes avec une prolifération de virgules et de points-virgules. Il aura réduit l'ensemble à des symboles quasi chinois, finement calligraphiés, de quoi se constituer un nouvel alphabet.

Et il aura ensuite reposé son stylo, sûr à présent de son droit, habité dorénavant par l'idée grandiose de refaire à la base cette littérature qui s'échange quotidiennement, en pur gaspillage, par la voie vulgaire du courrier. Tapi au fond de son atelier capharnaüm, je l'imagine produisant ébauche sur ébauche en vue de réaliser l'ultime lettre, celle qui servira de modèle aux générations analphabètes du futur. L'unique lettre, LA LETTRE, circulera alors d'un lecteur à l'autre et fera l'objet d'un nouveau culte.

Ainsi Bruno prépare son heure tandis que chaque minute écoulée augmente chez les autres la frustration: la boîte aux lettres vide qui évoque tristement les amitiés perdues, avec cette angoisse non dite et incommunicable qui accompagne la vaine attente du facteur.

Table des matières

CET OUVRAGE
COMPOSÉ EN SOUVENIR CORPS 12 SUR 14
A ÉTÉ ACHEVÉ D'IMPRIMER
LE TREIZE MAI MIL NEUF CENT QUATRE-VINGT-HUIT
PAR LES TRAVAILLEURS ET TRAVAILLEUSES
DE L'IMPRIMERIE MARQUIS
À MONTMAGNY
POUR LE COMPTE DE
VLB ÉDITEUR.

IMPRIMÉ AU QUÉBEC (CANADA)